柳宗悦 著

杨婧 纪科佳——译
马卫星 徐雄彬——校订

与美

中国文联出版社

图书在版编目（CIP）数据

民与美 / （日）柳宗悦著；杨婧，纪科佳译 . -- 北京：中国文联出版社，2023.10
ISBN 978-7-5190-5236-2

Ⅰ . ①民… Ⅱ . ①柳… ②杨… ③纪… Ⅲ . ①随笔—作品集—日本—现代 Ⅳ . ① I313.65

中国版本图书馆 CIP 数据核字 (2023) 第 116507 号

民与美

原　　著：柳宗悦
译　　者：杨　婧　纪科佳
校　　订：马卫星　徐雄彬
责任编辑：张超琪　黄雪彬
封面设计：汤　妮
封面绘图：周健美
版式设计：高　洁

出版发行：中国文联出版社有限公司
社　　址：北京市朝阳区农展馆南里 10 号　邮编：100125
网　　址：http://www.clapnet.cn
电　　话：010-85923091（总编室）　010-85923058（编辑部）
　　　　　010-85923025（发行部）
经　　销：全国新华书店等
印　　刷：廊坊佰利得印刷有限公司
开　　本：880 毫米 ×1230 毫米　1/32
印　　张：8.625
字　　数：146 千字
版　　次：2023 年 10 月第 1 版
　　　　　2023 年 10 月第 1 次印刷
书　　号：ISBN 978-7-5190-5236-2
定　　价：52.00 元

版权所有　侵权必究
如有印装质量问题，请与本社发行部联系调换

译序

杨婧、纪科佳两位青年学者的译作《民与美》获得正式出版，既是对日本民艺学家柳宗悦研究的深化，同时有助于我国美学及民艺学理论研究的拓展。

《民与美》一书系柳宗悦的重要代表作之一。在当代，认识和理解相关民艺思想具有十分积极的意义。随着审美活动的多样性与多层次发展，学术界及其业界对作为艺术活动重要一翼的民艺活动予以越来越多的关注。作为活跃于半个世纪之前的民艺理论的创始人，柳宗悦始终将民艺思想立于其艺术思想的首要地位，对此倾注了全部心血。相较于其他几部已经翻译为中文的著作，该书具有更为鲜明的美学意味。作者采取层层深入的方式，将其对民艺学理论的认知予以深入辨析，为民艺学建立了完整的架构。

纵览柳宗悦的民艺学思想，主要具有以下特点：

第一，植根于社会大众的民本观。

柳宗悦具有强烈的民本意识。他长期考察艺术在民间的发展，将自己关于工艺的认知牢牢扎根于民众的土壤，富有创见地提出了民艺思想，历尽艰辛，构建了具有浓郁东方色彩的民艺学理论。在他的视野里，始终将工艺视作民众的艺术，高度重视艺术家与民众的共同进步和发展，认为有民才有美，比起仅仅提升个体的声誉和艺术成就，与民众共同进步更为重要。比起创作只有自己才能完成的作品，展示众人皆能完成的优秀作品更为重要。创作者不仅应当考虑自身的创造，更需要为民众而创作。

他特别关注与民众相关的课题，例如朴素和美如何能结合到一起，劳动和美如何能一致，实用与美如何能融合在一起等。他密切关注日本乃至东方各国工艺发展的状态，从对日本本土杂器的可靠性、自由和独创性的考察，到对中国历史上工艺的演进，均进入他的视野之中。他认为，只有发展工艺能使美与生活交织相融，而正是由于工艺的衰落，才逐步使美脱离了生活。当下许多个性化的艺术创作者，即艺术家创作的作品，并不是生活的完整体现，仅仅是头脑的产物，只有生活才是美的大地，艺术只有符合生活才能为美提供坚实的基础。

不难看到，作者将其学术研究的基础深深植根于民众的土壤，以民众的需求为艺术的最高追求，正是于此，充分显现其浓烈的民本意识。

第二，建构于生活基础之上的美学观。

柳宗悦的美学观以禅宗为基础，同时融入东西方哲学中许多重要思想。作者较多借用禅语，是因为对其欲阐明的美的性质有所帮助。比如，他谈到《信心铭》中曾说"违顺相争，是为心病"，以及被南泉称之的平常美是美之道，指出追求不同寻常是心病，平常的生活才是健康的标志。

他从人的有关自由的意识切入，认为真正的美无论在哪里都必须是自由的，他认为"工艺性事物"具有美的最本质属性，工艺美甚至成为造型问题的核心。他从人类生活的种种现象，特别是东西方艺术发展史上各种建构切入，对例如六朝佛教造像的特征、部分宗教音乐等非个性化的、具有固定模式的美，称之为"工艺性的美"，对日本著名的传统舞蹈形式能剧、歌舞伎等称之为"工艺化的艺术"，将社会上种种活动，包括茶道、花道等视为"工艺性现象"，把相扑、武术等称之为"工艺化的动作"，甚至依据科学遵循的自然法则，认定是知识的程式化，科学在知识层面将自然工艺化，以及将有秩序的组织完备的社会称为"工艺化的社会"，均表明他对"工艺美"的认知具有浓郁的普泛化倾向。

柳宗悦认为工艺性事物本身都具有深厚的传统文化底蕴，他特别区分了工艺与工艺美术的界限，认为工艺美术的创作者为个人，具有个体化意识，创作目的是表现美，而工艺则是民众的艺术，满足社会学需求和符合实用的需要是其根本目标，其制作归根结底是心与物的结合。当心与物和谐地融为一体，才能淋漓尽致地发挥其特性。试图将二者剥离，一味探索个性化的美，则是对工艺实际效用的损害。于此，他特别强调工艺美的真本质属性，认为非个性化的"健康性"才是美的标准，同时也体现为真正美的价值。

他不无忧虑地看到，在他所生活的时代，美学领域出现重美术轻工艺的发展趋势，工艺与美术的对立客观存在，而作为美的建树，其水准不及过去。过去的人类虽然在科学方面一无所知，但直观能力极强。作为当代艺术的创新，这正是最为需要的因素。当下各国工艺的发展大都处于美术的从属性位置，大批从事工艺制作的工匠依然默默无闻，这正是柳宗悦先生为之担忧的普遍性现象。

第三，与平民视野相谐的民艺观。

柳宗悦将工艺分为"贵族的工艺""个人的工艺""民众的工艺""资本的工艺"，将其中民众的工艺简称为"民艺"，而那些贵族工艺品则脱离了地位低下的工艺领域逐步进入了美术领域。一切以民众的需求为旨归，是其一生的追求。他强调民艺是工艺中的工艺，工艺的主流。工艺只有回归用途之时，才能散发出真正美的光芒。因为在工艺中充溢着自由、诚实、自然、质朴、素雅等，这些均与其用途相关联。他认为民艺必然是手工艺，实用性是工艺的生命。他对器具和工艺有着十分挚爱的情感，器具始终与人们的日常生活密不可分，器具还有一种震撼人心的细腻之美，物品越具有实用性，则工艺的内涵越丰富。

作为工匠，则是民艺的主体，世上工匠众多，正是他们创造了人类所需要的大量实用品。工艺未必需要天才，因为天才容易彰显个性，大都走向艺术家的行列，只有工匠之作才是符合社会需要的工艺品。其间，简单的过程、易操作的手法与身边的材料均属于民众工艺的要素，而复杂、高难度的方法因其违背了作品的健康性，走进了少数人才能认知的领域，因此在工艺中不可取。作为工匠，虽然不能很好地阐述理论，但却能凭经验悉知事物，能够无意识地创作出好的作品，这正是艺术发展中的必然。

他始终萦怀于民艺的发展，认为民艺发展需要三个基础，第一是对固有传统作品的关注，第二是对现在各地正在创作什么样的民艺品的考察，第三是必须使作品的用途尽可能地有助于现代生活。这正体现出他对民艺事业刻骨铭心的挚爱，以及为之献身的拳拳之心。

第四，饱含质朴和良善的伦理观。

在柳宗悦的著述中，充满着对质朴的追求和对良善的挚爱。他提出工艺中的自力道与他力道的理念，认为工艺也分为自力和他力两大门，自力道遵循自力更生之路，他力道依靠他力之路。一条是天才或艺术家选择的道路，另一条是普通人走的道路。工艺中存在着他力这扇门，工艺在他力之道上收获了无数美的作品，那里是众多工匠的世界。工匠是工艺界的普通信徒，继承、守护、传承、弘扬正确之物是其工作。模仿在民艺中是正当的，若无对伟大之物的模仿则无民艺。他认为朴素之美源于贫穷之德。只有甘于对贫的认同与恪守，方属于工匠之道。一味追求技巧和装饰华丽，只能变得更浮躁、更傲慢。

作为理想的侍奉人类生活的物品，在美的基础上还要具备"诚实""正确"等诸如此类的性质。在对美进行深入解读时，理应融合"良善"的特质。他十分强调艺术作品的"德"，即指作品具有的"诚"，亦即作品的"正确性"。诸如诚实之物、正直之物、自然之物、纯正之物、安泰之物、平稳之物、朴素之物、健康之物、挺拔之物、遵循大道之物等，均属于作品之德。

他十分重视作品是否对民众具有实用价值，反复强调一些以美为目的创作而成的作品中鲜有佳作，而以用途为主要目的制作而成的物品中美的物品却极多。不同的事物具有不同的美，只有对实用的忠诚才是工艺最坚实的基础。其功能并非只表现其物质层面的特征，还必须具有心理层面的效用。只要是人类创作的物品，就会反映人类的心理，将人的智慧、感觉、感情、性格及道德融入其中，正是工艺实际效用的更高层次的体现。

崇尚自然与传统的技艺观。

柳宗悦认为好的工艺寓于天然。大自然守护着丰富的物质资源，顺应自然之物必然会享受自然之爱，被托付于自然之作的民间工艺均活在自由的境界中。正是与自然相契的乡土气息、地方色彩为工艺增加了很多种类，增添了韵味。在他的视阈中，民众虽然生活清贫，但在其简约、古朴的工艺和贫乏的材料中却闪动着更多自然的灵性。

他始终不渝地坚守传统工艺的地位和价值。工匠们的创作是非个性化的，他们忠于传统，其作品具有传统的属性，而技艺又是精湛的。作为平民日常使用的杂器，是作为平民中一员的创作者为民众准备的物品，这些作品能直接展现他们的生活，体现他们的夙愿。正是在这些具有传统质素、又具有精美技艺的作品中，常常呈现其源于贫穷的朴素之美。

民众工艺的技术性同样具有专业性，但不同于个体创作者的技艺，大都属于经验性技能。正是工匠们的经验性知识成就了技术，包括材料的选择、处理、制作方法和步骤，以及有关手法和工序。为了增加工艺品的情愫，需要实施策划，技巧本身便是一种策划，一些技巧的加入，主要基于工匠的审美意识，凸显其美感特色，体现了人的精心创意和聪明智慧。

他还十分重视民艺在区域性视域中的地位，认为无论是语言还是生活、风俗、道德或是技艺，都拥有因地方性而产生的巨大价值。一些被人们视为落后的地方文化，比如体现了浓郁地方色彩的生活、信心、本能、习惯、技术、语言等，均具有都市所无法企及的力量。

面对手工形式的民艺正在趋于消逝和走向终结，重重困难阻碍着手工艺的复兴，令他深深感到忧虑。为此，他以对民艺事业无比热爱与忠诚，提出具体的富有实际意义的措施，努力推进民艺运动的健康发展。

尽管该书出版于20世纪70年代，距今已有半个世纪之久，但纵览其行文和理论阐述，尚未有违和之感，相反许多方面令人感到亲和与贴切，似乎是在述说当下人们关注的事项。

虽然，作为民艺这一理论体系的生成是当代以来的事情，而在世界许多国家历史上均不乏与民艺相关的理论及实践，在中国更是如此。一部中华民族审美的改造和利用自然的历史，始终是与社会大众的艺术创造及其技术创新系于一体的。而在中国20余年来不断加大对非物质文化遗产保护和利用的力度，更使人们对相关工艺及民艺的理解愈加深化。

对理论著作的译介是具有较大难度的，专业性理论认知的歧义、区域性术语理解的差异，国家之间语言习惯的不同，均致使人们在理论和范畴的把握上遭遇许多难点，对译作造成阻塞。该书的翻译进程，充分体现出译者深厚的美学理论素养，以及对中国文化和日本文化联系的把控力，同时也呈现其对语言和学术范畴驾驭的基本能力。首先是对理论范畴的把握，该书是作者20世纪中期的著述，其理论语言的表达与今天多有差异，译者在译作过程中，许多地方均体现出理论解析的科学性和观念阐述的新颖性；其次表现于译作语言，洗练和准确表述，显现出译作者驾驭语言的良好功力。

该书的出版令人欣慰，期待更多中国读者在阅读中获取有益的元素，也希望学界朋友以他山之石，推动相关研究的深入。

田川流

2023年6月

原著序

一

本书为前作《茶与美》的姊妹篇。倘若时机成熟，我还想进一步创作《物与美》。上述作品都是以造型美为研究对象。

本书之所以以《民与美》为题，是因为本书所收录的内容多少都接触到这一命题。本书应该能使读者领会民艺理论的要义。但令人遗憾的是，过去无论是在美学还是在美术史上，"民"的存在几乎被忽视了。这是因为一提起民众，往往会让人联想到平凡众生。大家习惯性地认为杰出之美非同寻常，故而唯有天才才能创造出来。近代的个性文化不断教诲我们，个性是美的灵魂。因此大家会认为缺乏个性的普通民众缺乏创造力，且与美无缘。

其实这样认为也不无道理。回顾一下我们的生活，我们会发现周围聚集了太多平庸丑陋之物，究其原因一般认为是这些东西皆出自平凡的工匠之手。这样的事实以及观点致使人们对天才的讴歌越来越合理化，而民众却被视为无可救药的凡夫俗子。

不仅如此，他们所创作的东西皆以"有用"为目的，而绝非是以美为目的创作而成的自由之物，而真正的美无论在哪里都必须是自由的，这样的想法也促使艺术作品完全成为鉴赏品。美术以"纯粹美术"的形式而存在，于是普通工匠们所从事的实用工艺的地位跌至谷底。

对这种以自我为中心的观点、自由主张以及美术至上的见解提出抗议的，就是民艺运动。我们并非质疑天才的价值，而仅是为了要确定通往被民众所认可之美的惊人之路是存在的，因此需要对原有的美之标准进行大幅度调整。由于如此一来会导致一种价值颠覆，所以我们在最初会招来嘲笑和质疑。

但我们却看清了一个无法撼动的事实，故而我们的信念坚定不移。我们看到平凡的工匠们出色地完成工作的例子不计其数。我们从众多无须问出处的实用品中，无数次地看到了无与伦比之美。我们还在普遍存在的传统力量中，真正看到了惊人之美的蓄势待发。我们甚至还看到了就连少数天才都难以达到的境界，很多工匠却轻而易举地达到了。

这些事实说明了即使在美的世界里，他力美之说亦是真实存在的。而且我们明白了即使美有万象，但究其归宿除了平凡之美外别无他物。一切另类之物在寻常之物面前都显得如此渺小。这也验证了阐明"平常心"的禅之教诲是何其正确。

我们会发现寻常人所做的寻常之物格外耀眼。个性之美并非唯一的美，亦非美的最终归宿。此时，我们已没有任何理由去怀疑"民"与美的不解之缘。我们必须从新的观点出发去改写历史。总之当今的民众之所以难创作出精品，不过是因为碰巧受到周围环境的制约罢了。倘若时机成熟，想必一定会再出惊人之作。我们在对天才给予肯定的同时若不对民众给予积极的肯定，则无法谱写美的历史，亦无法正确深刻地窥探历史的前进方向。

二

本书在造形的世界中，尤其以工艺作为主题。这一主题和题材格外吸引我的原因有二。

其一是为了使这个世界成为美之国度，无论如何都必须要使工艺领域迎来繁荣发展。如此大量、贴近生活之美是独一无二的。我们的生活离不开有形事物，它们是人们最亲近的伴侣，因此若这些有形事物的水准下降，则我们的生活体验亦会随之降低。正是这些日常用具，才能最真实地展现民众的生活。故而我认为为了使现实世界变美，正确领悟这些东西的意义和价值是尤为必要的。

其二是"工艺性事物"被认为具有美的最本质属性。所谓的美即成熟的工艺性事物。真正美的事物，因具有工艺性故而美丽，正是这种新的认识对未来美学的发展起到了巨大作用。幸运的是，我们在此能够把握美的标准。所谓的"工艺性"，是一种对美的尽情诠释。我将其称作"工艺化"，或亦可称为"纹样化"。不知从何时起所有的美都在追求纹样。纹样可以说是美的结晶，美因此而成熟。

在思考这些问题时，我们会了解对工艺性事物的理解是如何成为诠释美的奥秘之关键的。由此我们会领悟到，过去一直被忽视的工艺问题是如何成为造型问题的核心的。讨论工艺成为讨论美的本质的途径。

此事尚未有人做过清晰的论述，故而多数读者会认为这是一个深奥难懂的理论，这是因为大家过去都认为工艺在美术面前，是一种卑微的存在。本书之后会做详细阐述。我并非要独断专论，只是站在本质直观的角度来看问题而已。

而在工艺当中，人们更是将民艺作为主要题材。究其原因是民艺领域最为明显地体现出工艺的本质，即符合生活的用途这一性质。我们之所以格外重视民艺的意义，是因为其必然最易与健康、正常之美相结合。民艺之美取之不尽，很早就发现这一事实的是茶人们。初期知名的茶具都是民用器具。茶人们用直观感受到了那种美，但对真理问题并未进行深究。本书或许多少可以弥补这一缺点。

那么，将来站在个人立场的创作者们会有怎样的任务呢？其首要任务就是要摆脱个人主义。与其以创作出独一无二之作为豪，他们更应该与众多的工匠一道，在充分发挥自我价值的工作中感受到自身的使命。对待工作，必须要完成从个人到社会的意识转换。若无社会意识，则个人之路是行不通的。创作者通过与民艺的深度接触，来彰显其存在的理由。个人必须要褪去自己的外壳。美术只有通过与工艺的结合才能迎来新生。美的文化必须成熟为工艺文化。

籍籍无名的工匠们为何能创作出美的作品呢？他们应该感谢的是，通往美的道路不只自力之道这一条，还有一条为他们安排好的易行的他力之道，所以，平凡之人亦可完成令人惊叹的工作。过去对他们的种种轻蔑，不过是一种僭越的行为罢了。更何况在难行的自力之道上前行的人们，又有多少能抵达终点呢？在美的历史上，无名工匠们的成就卓越。他们自身虽很渺小，但守护他们的无形力量却是巨大的。

正是这些真理，阐明了"民"与"美"的深厚渊源，进而说明了有民才有美，而且那些美在向我们轻声诉说着诸多深具魅力之事。朴素和美如何能结合到一起？劳动和美如何能一致？大量与美如何能保持和谐？实用与美如何能融合在一起？廉价与美如何能交流？在那里我们能得到无数的启示。而最终我们会看清这些如泉涌般的美是何等自然、无事[1]、平常。为了阐明这些奥秘，本书所收录的诸多论稿都下了一番功夫。

三

本书与前作《茶与美》一样，由与我结下深厚情谊的吉田小五郎编辑，对其在百忙之中给予的帮助不胜感激。本书收录的文章借此机会都得以修订增补，其中很多文章都曾在《工艺》这本杂志上刊载过，写作时间在书后标出。本书中以"杂器之美"为题的章节是在大家的不断劝说下，收录到此前问世的《我的心愿》中的，但因为契合本书的性质，故而虽有重复之嫌，出于方便读者阅读的考虑就再次进行了收录，而且我对讲述关于民艺的开篇一文印象颇深。

本书为了使立论形象化而选择了插图。实际上比起语言，这些插图能更好地向大家阐明真理。

---

[1] 无事: 此语源于唐代义玄禅师的《临济录》："无事是贵人，但莫造作，只是平常。"见本书第137页。

书中的小插图由铃木繁男负责/设计，扉页题字一如既往地由芹泽銈介负责，在此深表谢意。此外，在本书进行再次修订之际，值此严冬时节对给予我温暖居处的铃木笃及其家人，表示诚挚的谢意。

1944年正月于静冈市大谷居处

目录

第一章　杂器之美　001

美为何物？窑艺为何物？创作者对这些知之甚少。尽管如此，他的动作却依然行云流水。

第二章　工艺性事物　018

无论是谁在何处作画，当时都喜欢写生画美人。不仅是绘画，泥塑也保持统一的模式，而且其中并无丑陋之作。

第三章　工艺与美术　042

若将"美术"比作具有个人意识的神学家，则可以说"工艺"就是无个人意识的普通信徒。

第四章　民艺的含义　061

无论多么确凿的真理，在其被提出之初都必然会招致反对，因为习惯势力使得人们难以迅速接受新事物。但我们要做自己应做之事，然后静观其变。或许惊喜很快就会到来，因为现在是人们接受这种价值的颠覆的大好时机。

第五章　工匠的工艺　080

若工艺领域阴云密布的话,"美的王国"如何能散发出光芒呢?若无工艺,则人们无法理解、亦无法实现"美的王国"。

第六章　个体创作者与民艺　093

对于创作者们的"工艺美术"这一长期的梦想,这种改变或许是一种不祥之兆,但时间是最公平的审判者。这不是对创作者们的诅咒,这种改变反而注定了新生命的诞生。

第七章　个体创作者的使命　101

受崇拜的往往是少数的个人,而非成群的大众。在这种个人主义的时代,像工艺这样与民众生活关系密切的事物,亦被当作个性化事物对待。

第八章　作品的目标　111

以美为目标这件事本身并没有错。然而虽说都称为美,其内容却不同。创作者们是如何理解美的、他们认为什么是美、对美又能看得有多深呢?

第九章　民艺与模仿　118

人们仰慕英雄,而没有独创就没有英雄。模仿不是个人应走之路,因为只有独创才能够明确个人的存在。

第十章　工艺中的自力道与他力道　128

自力与他力是工艺的两大门。完全只走自力之道的,只是少数被选中之人,任何人都无法保证能够顺利通过这条至难之路。然而他力门已为众多的工匠准备好了，他们曾通过这条易行之道创造出了无数让人惊叹的作品。

第十一章 他力门与美　138

我们不能否认，这个世上最美的名器，几乎所有都出自无学识的工匠之手。亲鸾上人所言"若善人皆能往生，更何况恶人？"丝毫没有夸张之意。美的世界应该格外提倡他力的功德。

第十二章 贫与美　145

我们不要忘记，只有廉价品这一境况才能保证美的存在。也许会有人对在美的领域讲述诸如"平民使用的杂器"表示蔑视，然而若是有眼力之人，则那种态度是不可取的。

第十三章 健康性与美　155

健康绝不意味着特别的状态。它是"常态"，是作为平常之物应该具有的性质。
我们必须要重新阐明这种美的意义，因为我们现在的生活中掺杂着太多不健康的东西。

第十四章 关于复古主义　164

玩味之人虽多，但要开拓新事物之人却甚少。令人遗憾的是，玩味常常成为个人的私事，不具备任何的推动力。我们对古代的赞美，不能停留在唯美的态度上。

第十五章 民艺和农民美术　172

民艺和农民美术都是源于民众领域的产物，在这一点上两者是一致的。但两者的工作立场、方法和目的截然不同，理解这一点极为重要。

第十六章 民艺品与贵族品　181

我们在民众的作品中，反而能够更好地去寻找美的标准。

第十七章 用与美　189

盛水的罐子、盛菜的盘子、穿在身上的衣服、收纳物品的箱子，这些又意味着什么呢？在此我们可以看到三种事物的交叉：使用的人、被使用的物品，以及将这两者连接在一起的功用，即功能。只有当这三者都具备时，生活才会顺利进行下去。

第十八章 伎俩、技术和技巧　203

美不能有欺骗。走在向阳大道上的工作是最好的。

第十九章 地方性文化的价值　209

城市所保留的文化方向基本上是国际化，所有国家的文化都被城市所吸收，特别是交通运输的发达，使这件事变得很轻而易举。所以城市风貌常常体现出国际化氛围，但与此同时，这也意味着失去了民族特性。

第二十章 民艺运动的贡献　222

民艺论始终都是用眼睛去直接观察的，因此是基于日本自身所产生的认识之上的。民艺运动不是借鉴物，更不是复制物。

后记　252

第一章 杂器之美

他是一名普通的信徒，虽无学识且生活贫困，却有着虔诚的信仰。他甚至连为何信仰、何为信仰都无法充分表达出来，但在其质朴的语言中却闪现出令人惊叹的个人思考。他手中无持物，却能够掌握信仰的真谛。即使他没有掌握，神也会助其掌握信仰的真谛，故而他具有无法撼动的力量。

我注视着眼前的这个盘子，从其身上我读出了与信徒相似的故事。那不过是一个毫不起眼的廉价物而已。没有奢华的趣味，亦无华丽的包装。所做何物，为何而做，创作者自身亦不甚了解。正如信徒将名号当作口头禅反复吟唱一样，创作者在同一个陶车上不断旋转出相同的形状，然后勾勒出相同的纹样，再染上相同的釉色。美为何物？窑艺为何物？创作者对这些知之甚少。尽管如此，他的动作却依然行云流水。都说信徒吟唱的名号已非人之声，而是神之声。我们亦可说陶艺工匠之手也已非自己之手，而是自然之手。即使他自己不在美上煞费苦心，自然亦会为他守护美。他忘却了所有。正如信仰源自无意识的皈依之心，美亦是从器具中自然而然地涌现出来的。我对这个盘子真是百看不厌。

一

提到杂器之美，或许有人会认为那是故弄玄虚，抑或是一反常态。为了避免容易出现这种错误联想，在此我必须要首先声明：此处所说的杂器是指普通民众所使用的器具。因为是普通民众使用的日常生活器具，所以亦可称之为民器。它是极为普通，任何人都可以购买使用的日常用具，而且价格低廉，随时随地都能轻易获取。它指的是我们日常称为"随身物品""日常用品"或"厨房用具"的东西。它不是摆放在壁龛上用来点缀房间的装饰品，而是放在厨房或散置在起居室的各种器具，或是盘子，或是盆，或是柜、衣橱，或是衣服等，大多为家庭用品。它们皆为日常生活中的必需品，无半点稀奇，大家对它们都非常熟悉。

二

然而，令人不可思议的是，一生中最为常见之物，我们却往往忽视了其存在。这或许是因为人们觉得这些东西都是粗陋之物的缘故，甚至在人们眼中它们毫无美感，就连本该为它们发声的历史学家也未尝齿及。但现在我们要重新审视这些熟悉的身边之物。我坚信，从今天起历史上将新添一则美的篇章。人们或许会觉得不可思议，但其光芒很快就会消除人们心头的疑虑。

为何长期以来，器具之美被忽视了呢？所谓久居兰室不闻其香。因为习以为常，所以不会特别去关注。习以为常则失反躬自省之心，感激之情更是会转瞬即逝。经历了漫长的岁月，直至今日，蕴藏在这些器具中的美才为人所知。我们不必为此自责，因为过往的岁月并非是以旁人的眼光来审视这些器具的，而是人们一直在制作这些器具并一直活在其中。意识的复苏往往需要经历几个时代。历史是回忆，而批判是回顾。

当今的时代发生了急剧的变化。万事万物或许都未如今天这般变幻莫测。时间、人心还有事物，都在弹指一挥间成为过往。传统旧习的枷锁已被卸下。在我们眼前，一切都开启了新的轮回。未来和过去都是新的。我们所熟悉的世界现如今也令人感到新奇。在我们眼中，万事万物都重新具有了震撼人心的韵味，犹如擦拭过后光洁如新的镜子，所映现的一切都显得崭新而鲜明，善恶在其面前都无所遁形。我们迎来了一个新的时代，在这个时代，我们必须要明辨何为美。现在是一个批判的时代，亦是一个意识复苏的时代。我们有幸成为一名好的审判者。这是时代的恩赐，我们不可辜负。

被灰尘掩埋的黑暗之处，孕育出了一个新的美丽世界。这个世界无人不知，却又无人见过。关于杂器之美，我必须要说点什么，而且还想道出那种美带给人们的启示。

三

因为人们每天都要接触器具，所以其必须要经得起实际考验。脆弱、华丽、复杂等这些性质都是器具所不能具有的。厚重、结实、健康之物，才是切合日常生活的器具。它必须能够欣然承受粗暴的对待和剧烈的温度变化等。器具不能是脆弱的，亦不能是华丽的。其必须具有结实合理的性质，必须保证任何人在任何方式下都能派上用场。不能加以修饰，亦不允许伪装，因为随时要接受考验。不坚守纯朴之德的器具是不会成为良器的。工艺会摘掉杂器所有华而不实的假面具。器具生活在实用世界里，绝不会脱离实际生活。制作它们的目的就是为人类服务。虽说是实用性的东西，但若只把它当作一种物质的存在那就错了。虽然它是实物，但谁能说其就不具有精神内涵呢？诸如忍耐、健康、诚实，这些德行不就是器具的精神吗？器具始终与人们的日常生活密不可分，而上天会赐予务实的万物以祝福。实用与美并非背道而驰，它们也可以达成统一，可以说那是物质与精神的融合。

器具是劳作之身,所以外表朴素,生活朴实。尽管如此,从它们身上却能看到一种满足感。它们总是健康地度过每一天。虽在无人顾及之处被人们随意地对待,器具却仍然专心质朴地生活着。这不是一种泰然之美吗?器具还有一种震撼人心的细腻之美,稍一触碰就会沉浸其中。而从它那遭受重击却仍保持岿然不动之姿中,我们更是看到了令人惊叹之美,而且这种美是与日俱增的。器具之美离不开每日的使用。器具因为为人所用才变美,因为变美所以人们才越发多地去使用它。人与器具之间存在主从关系。器具通过为人们服务而增加其美感,人们通过使用器具而增加对其的喜爱之情。

人类的日常生活离不开器具。所谓的器具就是我们的日常伴侣,是辅助我们生活的忠诚朋友。所有人都是依靠这些器具来生活的。这些器具具有诚实之美,表现出谦逊之德。在一切都孱弱易逝的今天,我们能够在这些器具中看到健康之美是上天的一种恩赐,令人欣喜。

四

器具没有华丽的色彩,亦没有精美的装饰。它们只有简单的外形、两三种纹样、朴素的工艺。它们从不锋芒毕露,与奇异、威慑等绝缘。既不盛气凌人,亦无明显丑态,总是给人以沉稳安静之感。有时我们还能从器具身上感受到原始、深沉、内敛的韵味。这种美绝不会令人感到压抑。在崇尚美的今天，即使将它们与人们的生活分开，这些质朴的器具也仍令人怀念。

器具多产于名不见经传的偏远乡村，抑或是陋巷中满是灰尘的昏暗作坊。它们是贫穷之人用自己粗糙的双手，使用拙劣的设备和粗糙的原料制作而成的。其售卖之处是逼仄的店铺或是街边的草席摊。而其被使用之处也是凌乱不堪。然而天缘凑巧，这些情况却恰恰保障了器具之美。这与信仰有异曲同工之妙。宗教不就是追求贫穷之德，劝诫恃才傲物之人吗？只有朴素的器具才具有惊人之美。

器具作品是无欲的。它们的诞生是为了服务于人，而非为了功成名就。正如筑路工人在自己修筑的美丽道路上不留名一样，制作器具的手艺人从未想过要在器具上写下自己的名字。所有的器具都出自籍籍无名的普通人之手。他们无欲无求之心更加净化了器具之美。几乎所有的手艺人都是胸无点墨之人。他们对什么创造了美、为何能创造出美全然不知。他们只是原封不动地继承传统的技法，然后不断地进行制作。器具的制作没有什么高深的理论，更不会融入人的感伤。杂器之美是一种纯真之美。

因为是无名之作，所以我们无法通过器具追溯制作者的一生。器具的制作者并非是非同寻常的少数人，而是被称作凡夫的普通众生。那惊人的器具之美源于民众，这一点说明了什么？曾经美为大家所共享，而非个人所有。我们必须以民族、以时代之名，来纪念这些辛勤之作。知识贫瘠的民众在器具制作方面亦是杰出的。如今活在现世的只有独立的个体，时代已然沉沦。而曾经时代才是主角，个体会将自己隐匿在时代之下。美不是出自少数创作者之手，而是归功于众多创作者。杂器是民艺。

五

制作器具时，要注意原料。好的工艺寓于天然。大自然守护着丰富的物质资源。与其说器具选择材料，莫如说材料吸引器具。民艺必定有其出生成长的土壤，那里蕴藏着原料，进而孕育出民艺。大自然所提供的物质资源是民艺产生的先决条件。风土、原料、制作等这些条件缺一不可。当它们融为一体时，才会诞生出纯朴之作，因为这是大自然庇佑的结果。

一旦失去原料，那制作器具的作坊就必须关门了。若原料不合适，器具就会受到大自然的惩罚。而若原料无法就近取材的话，又如何能制作出大量物美价廉的健康器具呢？一个器具的背后蕴藏着特殊的气温、地质条件以及物质资源。正是乡土气息、地方色彩为工艺增加了很多种类，增添了韵味。顺应自然之物必然会享受自然之爱。缺少这种必然性时，器具就会失去力量，美亦会褪色。杂器所蕴含的种种特质，都是大自然的馈赠。观赏器具之美，即是观赏自然。

不仅如此，应该说器具所有的形状、纹样都顺应其原料。它们之间总是存在着必然的联系。好妆不应施于身，而应顺应其身。我们不能认为原料只是普通的物质资源，那其中蕴含着自然的意志。这种意志告诉我们应该具有何种形状和纹样。任何人违背这种自然的意志，都无法制作出好器具。好的工匠是不会违背自然的意志的。

这对我们来说是很好的启示。在人们感受到自己是神之子时，信仰的火焰就会在心中燃烧。同样地，当人们成为自然之子时，他们就会被美所装点。归根结底是自然保障了美。越回归本心，美就越有温度。我是在杂器中得到的这一启示。

六

因为是日常用具，所以器具绝非是稀有珍品，在大街小巷随处可见。即使被损毁，也很快会有同样的器具取而代之。因此器具产量大且价格低廉。人们大概会认为这只不过是数量的问题，但正是这一事实为工艺之美倾注了不可思议的力量。大量生产有时可能会导致粗制滥造，但如若不然也无法孕育出杂器之美。

重复是娴熟之本。大量的需求导致供给量的增加，而大量的制作则需要无休止的重复作业，这种循环往复最终会使技术趋于成熟。尤其当器具制作采取分工作业的方式进行时，人们在某一技能方面就会凸显出来。同样的形状，同样的绘图，这种单调的循环往复几乎占据了人的一生。技术娴熟之人将不再意识到技术的存在。此时他们会坦然地回归本心，不再费心制作，忘却了自己的努力。他们一边说笑一边工作着，但其速度却令人惊叹，因为速度若是不够快，就无法赚得一天的口粮。在无数次的循环往复中，他们的手获得了完全的自由。所有的制作都源于这双自由之手。这种惊人的制作方式令我万分激动。我毫不怀疑他们对自己双手的信任。那让人惊叹的运笔及造型的气势，还有那自然奔放的韵味，让人感觉到操控这双手的已然不是他们自己，而是某种神秘的力量，因此自然之美的产生就成为必然。器具的大量制作必然会赋予这些器具以美感，这就是它们的命运。

这些器具都是让人叹为观止的纯熟之作。在被称为杂器的器具背后，隐藏着多年的辛勤汗水、无休止的重复作业带来的纯熟的技术以及宝贵的自由。器具与其说由人制作，莫如说是由自然制作的更为贴切。

让我们来看一下这个名为"马眼"的盘子。想必无论哪位画家，都无法如此轻松自如地画出这种简单的旋涡状。这着实令人觉得不可思议。在不久的将来，一切都将趋于机械化，当我们再回首曾依靠这双手创造出的奇迹时，或许更会觉得难以置信。

七

民艺必然是手工艺。除了神灵之外，最让人惊叹的创造者就是人的双手。所有不可思议的美均源自这双自如之手。任何机械之力都不如人手自由灵活。手才是自然赋予人类的最好器具。若辜负了自然给予的这种馈赠，人类就无法孕育出美。

不幸的是，由于受经济条件制约，现如今几乎一切工作都依靠机器来完成。当然机器也会创造出某种美，我们不能完全否定它，但这种美是有限的。人不能毫无节制、毫无顾忌地使用机器，机器只能制作出规定之美。单一的制式只会限制美的产生。当机器凌驾于人之上时，所造之物就会既冰冷又肤浅。韵味、情趣等都是从人的手中诞生的。在打造雅致感、孕育器具灵魂方面的变化，削痕、笔势、刀工，这些都无法由机器来完成。机器只能循规蹈矩而无法进行创造。若长此以往下去，机器最终将会剥夺人工劳动的自由和喜悦。曾经人能够支配器具，在两者保持这种正确的主从关系时，美得以温暖和升华。

在手工艺即将走向终结的今天，祖先制作的杂器成为珍贵的文物。手工形式的民艺正逐渐消逝。重重困难阻碍着手工艺的复兴。在当今这种不合理的形势下，民艺难以重现昔日的辉煌。现在只有坚守传统的地方还行走在正统的手工艺之路上。只有少数人在为手工艺的传承贡献力量，然而"回归手工"这一呼声却不绝于耳。因为只有手工才是最充分、合理的自由化劳动，才能容下真正的工艺之美。总有一天，我们会怀着爱意去回顾过去一直作为手工艺标志的民用器具。即使历史倾斜，器具之美也不会倾斜。它会与时间一起，更加光芒万丈。

八

器具降临这个世界之时，制作者的匠心、所制作之物以及制作手法全都极为纯粹，而这种纯粹正是器具应有的特质。人们不能用"粗野"二字来代替纯粹。只有纯粹这种特质才能保证美。好的艺术作品一定不会缺乏这种纯粹，错综复杂未必会产生美。真正的美离不开这种纯粹。这些东西虽被称为杂器，但其纯粹之态中反而蕴含着美的本质。为了学习艺术的法则，人必须要来到这个众人皆知的普通世界。

开悟之人是自由的。这些被托付于自然之作均活在自由的境界中。在好的手工艺面前，不存在单一的法则。创作者随物顺心，一切都顺其自然。所有的形状、色彩、纹样在他们面前都是开放的，创作者进行取舍时没有固定成规。他们甚至不会去思量自己所做的选择会产生何种美，但他们却不会出现失误，这是因为他们并非靠自己进行随意的选择，而是将自己托付于自然给予的自由中。

这种自由正是创造之源。杂器所呈现出的极其丰富的种类与变化如实地说明了这一点。这种变化不是人为产生的。人为力量反而是一种束缚。当一切都托付于自然之时，就诞生了惊人的创造。人为力量不会孕育出那种奔放的韵味，亦不会产生如此丰富的变化。这里没有徒劳地循环往复，没有单纯的模仿，有的常常是对崭新鲜活世界的开拓。

让我们来看一下被称作"酒盅"的器具。在其小巧的表面上所画出的纹样变化竟多达数百种，还有其用笔之妙是无人可否定的。上面的纹样即使是常见的条纹形，也很难找到一模一样的。民艺是一个让人惊叹的自由世界，亦是创造的乐土。

九

杂器因为是常用之物所以被人们草草对待，年代久远之物仅有极少数得以留存至今。即使留存下来的，其种类也很有限。日本的工艺在近两三个世纪开始变得极其多样化。漆器、木材工艺品自不必说，上至金属工艺品、染织物，下至陶瓷器具，全都渗透进了人们的日常生活中。在明治中期[1]，杂器从辉煌逐渐走向衰退，正统的手工艺临近

---

[1] 明治中期：明治时代（1868—1912）为日本明治天皇当政的时期，明治中期指明治21年至明治39年，即1888—1906年。

终结。但在隐匿的乡村，人们依然秉承着传统的手法和样式，制作出为数不少的旧式风格的器具。留存至今的杂器多产自江户时代[1]，所以种类丰富且数量繁多。

德川时代[2]的文化是庶民文化。这种特性在文学和绘画方面都有所体现。该时期留存下来的杂器也构成了庶民文化的一部分，但其并不像浮世绘那般反映出都市风格的细腻文化，而是具有纯真质朴的乡土风情。杂器虽无优美的外形，但却是人类忠诚可靠的伴侣。人若与这些杂器生活在一起，对它们的亲近感也会日益加深。当这些杂器在身边时，人们会真切地感受到居家生活的舒适惬意。

整体来看，美的历史一直在走下坡路。鲜有能够与过去相媲美的新作。随着时代的变迁，人们在创作时总是不断加入一些烦琐无益的技巧。手工艺不堪重负，逐渐失去了生机。如此创作出的作品，或许具有精细巧妙等这些特质，但美的本质，即单纯却被抹杀了。对自然的信赖受到人为技巧的打压，美逐渐开始凋落。而只有杂器类虽身处这段令人痛惜的历史之中，却未受到这种趋势的影响。很少有人会在杂器制作中加入过多的技巧修饰，这或许是由于杂器被置于艺术圈外的缘故，制作者并不会为增加美感而投入太多精力。若想在美凋落之时寻求健康之美，我们

---

[1] 江户时代（1603—1868）：江户幕府时期，由德川家族幕府将军统治，是日本历史上武家封建时代的最后一个时期。

[2] 德川时代（1603—1868）：江户时代，同上。

就必须进入杂器制作领域。这些杂器的造型或许比较单一，但无论怎样与其他工艺相比，杂器工艺的地位都不可撼动。我们试选一个陶瓷器来看一下它的底部，能与产自中国和朝鲜的陶瓷器底座的坚实度相提并论的就只有杂器。杂器世界中没有孱弱之物，因为孱弱之物经不起人们的日常使用。

十

杂器的力量不止于此，它同时还代表着日本的文化特性。原本在绘画和雕刻领域，有很多作品能够反映出日本的优秀文化。但总体说来，真正能够脱离中国遗风和朝鲜影响之作却寥寥无几，更何况是具有足够的力度和深度，能够与中朝相抗衡的作品就更为稀少了。在宏大的中国艺术和优雅的朝鲜艺术面前，我们无法坦率地展示我们自己的艺术。

然而来到杂器领域时，情况却发生了罕见的变化。在这里有一个独特的日本。我们能从中发现足够的可靠性、自由和独创性，而不是模仿和追随。我们可以断言，日本的杂器作品在全世界都占有一席之地。这些杂器作品真实地体现出日本的自然风土，以及创作者的感情和理解，是真正意义上的日本制造。那些被称为杂器的东西能体现日本的独特性吗？对此有人或许会心存疑虑，这并非妄言。这些器具出自日本的广大民众之手，这一点让我们引以为豪。更何况它们又是人们日常生活之友，我们更应该为此感到欣喜。器具的荣誉不属于个人，而属于整个民族，在民艺中发现日本之美就是最强有力的事实。若民众的生活中没有这种美的基石，会多么的不安。就算是为了日本民族的荣誉，我也必须要将堆积于灰尘之下的杂器公之于众。

十一

杂器由无学识的工匠制作，从偏远乡村运来，为当时的所有民众所用，亦被称为"粗货"，作为日常杂具使用，其所处的环境为不示于人前的昏暗房间，无任何点缀，质朴无华，数量多且价格低廉。但在这些低端的器具中竟然蕴含着高雅之美，这是为何呢？其实，这正如懵懂的婴儿之心，无欲无求之心，不以学识为傲之人，谨言慎行之人，甘于清贫之人会引来神明栖身这一不可思议的真理一般，器具之美所教诲我们的亦是同样的道理。

杂器一生侍奉人类，奉献自己来为人们的日常生活提供便利，它们不知疲倦地工作着，在健康和满足中度日，立志为所有人的生活送去幸福。这些朴实无华的器具一生都被美所围绕，这着实令人惊叹。而且这些器具在日复一日的使用中出现磨损，但却变得越来越美，这究竟蕴藏着什么天意呢？人们怀有信仰地生活需要为此做出牺牲和奉献，侍奉神或人的虔诚信徒会达到忘我的境界，这不正与侍奉人类的器具如出一辙吗？超越现实的美在符合现实的事物上得到最为淋漓尽致的体现，这是何其微妙。

器具不自知其美，无自我意识，不追逐名利，将一切都托付于自然，其诞生具有必然性。从这些器具中我们能够看到非同寻常之美，这是何其深刻的启示。这难道不恰好与一切都以神的名义行事的虔诚信徒所蕴藏的特质是一样的吗？器具被人们视为"心灵贫瘠""自视谦卑"之物，俗称为"杂具"，但其实它们更应该被称为"幸运之物""闪光之物"。天意与美，都尽在其中。

跋

过去曾意识到杂器之美的是第一代茶人们。他们有着非比寻常的眼光。虽然人们或许已然忘记，但其实我们今天需要斥巨资购买的那些茶具，比如像"大名物"[1]，其中大部分不过就是杂器而已。可以说这些雅致的茶具之所以具有如此自然、奔放的韵味，是因为它们的本质就是杂器。若它们不是杂器，也绝不会成就如此之高。人们都说"井户茶碗"[2]有七大看点，后来人们将这七个看点视为美的法

---

[1] 大名物：茶器的一种。指在日本历史上曾被"大名"收藏过、编录过的器物。"名"是日本古时封建制度对领主的称呼。

[2] 井户茶碗：指朝鲜半岛出产的抹茶茶碗的一种，被茶道中人认为是最高品位的茶碗。

则。但倘若真能问问原作者,他或许会对此感到极为困惑不解。后人根据这些法则制作出的仿品中,再无杰出之作,究其原因是这种行为已经脱离了杂器的本质,只是将其作为美术品来进行制作的。人们要切记:深奥素雅的茶具其实就是未经人工雕琢的杂器。

现如今,人们在建造茶室时也讲究风雅,但实际上这种风雅是源自乡间的。现在的乡间民宅也依旧美丽。茶道品味的是清贫之德,而现在的茶室总是喜欢彰显富贵,这实际上是对茶道的一种误解。现在茶道的真谛已然被遗忘了。茶道之美是一种谦恭、清贫之美。

历史学家也赞美"大名物",但对其他杂器却不置一词,好像杂器除了"大名物"之外再无其他,但其实茶具只是众多杂器中的一两种而已。茶具坐在了美的王座上,但与之相类似的器具还有很多被掩埋在无尽的尘土之下。历史学家们不认可这些杂器的美,或许是因为他们尚未真正了解茶具之美。

如若可以,我希望能在被遗忘的乡间民宅中,取出布满灰尘的杂器,重新沏杯茶。只有此时此刻才能够回归茶道之本,与第一代茶人们倾心相交。

第二章 工艺性事物

下面我要谈一谈"工艺性事物"。所谓的"工艺性事物"指的是什么样的事物呢？事物具有何种特性时，才会具有"工艺性"呢？其实我要谈的就是所谓的事物的工艺性的含义。这一点有助于我们回答"何为工艺"这一问题，而且对美为何物这一本质性问题，也会提出极深刻的启示。

一

为了具体地阐明这一真理，我来简单通俗地打几个比方。我从工艺领域之外选取几个例子来进行说明。如此一来我们才能明确"工艺性事物"的本质。

假设我现在正乘坐公共汽车，上车后告诉乘务员自己的目的地，然后询问在哪站下车最为合适。可以说这些问题都是私人问题，乘务员会用平常的话语来回答，因为这只是普通的对话而已。但若回到本职工作时,她便会突然开始使用抑扬顿挫的措辞方式。例如"请问有下车的乘客吗""车辆转弯请注意""前方到站"等这种具有韵律性的语言。

读者朋友们请设想一下,若乘务员的措辞方式恰好颠倒过来的话会如何呢?那应该会让人觉得很奇怪。若果真如此,我们只会将乘务员当成疯子。可有趣的是,乘务员在我们面前使用两种说话方式,有时进行的是普通的对话,有时则使用特别的腔调。通过如此方式来将"公共"和"私人"这两种场合清楚地区分开来。那么在这种情况下,相对于普通的措辞方式,我们将抑扬顿挫的措辞方式称为语言的"工艺性使用方式"。下面我再列举其他例子对其意义进行说明。

二

我们去理发店理发时,听到理发师说话的声音都带着剪刀的韵律,会让人不由自主地觉得是专业人士在为自己剪发。铁路工人铺设铁轨时,两三个人吆喝着口号,大家一起挥镐作业,动作时刻都要保持一致,因为若动作不一致的话,工作就会立即陷入停滞,或者说根本无法工作。再比如我们去银行取钱时,工作人员会在你面前麻利地清点钞票,到清点完毕时会"啪"地弹一下最后一张钞票,因为若不这么做一定会很难数清，或许还会数错。工作交到专业人士手中，都会产生各不相同的特殊状态。乍一想可能会觉得这样做是多余的，但实际上却是最不多余的。我将上述这些动作称为"工艺性做法"，是在恰当之处形成的一种恰当形式。

三

隔着墙壁我们能听到糖果店店员、木屐换齿店店员、药店店员那响亮的吆喝声。这些声音有一个共同的特点，那就是使用了日常会话中不会使用的语言和腔调。正因为如此，我们才知道他们是在做生意。可以说他们是将语言和腔调都工艺化了。

我们再来看看部队的军事训练。步伐夸张，步调一致。可以说他们在使自己的走路方式具有工艺性，如若不然则无法进行军事训练。即便只有两个人并排走，若步调不一致，走起来也会很费劲。体操亦是如此。手脚的动作都要遵循一定的规范，要以动作为基础。相扑运动员在相扑台边交替高抬两腿，并用力踏下，这是一种惯例。上述例子都是采取工艺化的方式来进行身体运动。

从此种意义上来讲，事物的工艺化随处可见。例如经常玩纸牌之人的洗牌方式、肉店老板的用刀方式、厨师的烹饪手法，魔术师的开场白及其动作等，他们都各自使自己的工作达到工艺性技艺的水准。我们再来看看其他的例子。

四

我们每天都会执笔写信或写稿。谁如何去写，选择什么字体是每个人的自由，并没有固定的规则。我们可以随意地书写不同的字体，但在某些场合，人会写一些奇特的字体，会选择跟平常字体完全不同的书写方式。例如我们在街上走时，有时会恰逢商店开业。我们会发现商店的墙上贴着细长的字条，上面写着品名和价格等，再一细看我们会发现这些字体形状奇特，略显夸张，已非个人场合使用的字体。还有比比皆是的各种广告牌、戏剧剧目、相扑等级排行榜、灯笼上的商号、酒桶的商标、象棋的棋子、净琉璃的剧本等，都不是常用字体，它们已经形成了一种模式。我将上述字体称为"工艺性字体"。当字具有工艺性时，其自身就会形成一种独特的形式。

但并非只有上述的情况才会采用某种特殊字体，实际上所有公共场合所使用的字体都是如此。我们平时阅读的书中的字、报纸的印刷字、过去的木板书、西方中世纪的手抄本类书籍等，所有的这些字体都具有一定的样式，在它们身上看不到个人的影子。当字体被用于公共场合时，其自身就会超越个人，而具有某种固定的样式。或许因为这些字体极为常见，所以反而无人注意到，但其实回想起来，我们现在最常用的明朝字体[1]，也是极为工艺化的字体。若将明朝字体与现在最常用的西方活字做对比，我们会惊讶地发现两者间的相似相通之处是何其之多！竖粗、横细、笔画自始至终的连贯性、匀称之美、固定的规则，这完全是模式化的字体。在此所有的笔法都具有一定的形式，与个人随意书写的字体截然不同。我将上述字体称为"工艺化的字体"。

中国古代有一种字体叫隶书。据说其起源于周篆[2]，在秦代已形成一定的体系，却也多见于汉代瓦当[3]。隶书或许应该算作历史上第一种被完全模式化的字体。"隶"字是遵从、隶属之意，而隶书就是遵从法度的字体之意。一种字体为何会发展至此呢？其背后一定潜藏着发人深省的真理，但反之为何一到个人之手，字体就脱离了模式呢？从上述这些关系中，我们能掌握很多奥秘。在急于下结论之前，我想从其他方向再次审视"工艺性"这一特性。

五

下面我将走进绘画领域，去仔细研究一下这一领域是

---

[1] 明朝字体：是一种对日文字体的叫法。其广义是日本、韩国等对宋体字的叫法，狭义仅指一种日文电脑字体。
[2] 周篆：指周代的篆书，指钟鼎文、石鼓文等大篆系统文字。
[3] 瓦当：是古代中国建筑中筒瓦顶端下垂部分。

否有工艺性事物。人们通常认为普通绘画属于美术领域，与工艺是相对立的。但若是被模式化、图案化的绘画，我们会在其创作过程中发现工艺性这一特性，了解这种绘画为何会与普通绘画有所不同，会对理解"工艺性事物"启示颇多。

大体说来，民间绘画，即大众风格的绘画，几乎都是模式化的，更准确地说是因为具有固定的模式，所以才能成为民间绘画。我们虽然可以将两者归为同一绘画领域，但写实性的个人绘画与图案化、程式化的民间绘画存在本质区别。

民间绘画不属于个性化的绘画，无落款是其一大特征。民间绘画是模式化的画。其不会因作者不同而有太大差异，且可被大量绘制。这种画任何人都可以画，其创作并不需要天才，工匠就可以。因其价格低廉，所以画工粗糙。我们从民间绘画中常常可以看到简约化。综上所述，民间绘画必须具有固定的模式。绘画一旦以民众作为对象，自然就会成为公众性的模式化绘画。

我们来看一个民间绘画的代表作——大津绘[1]。大津绘脱离写实性，所有的构图、线条以及色彩都趋于简约化，具有固定的模式，甚至连绘画题材都是固定的。正是因为有了这种模式，才有了大津绘。它不仅仅是绘画，而是

---

[1] 大津绘：是日本浮世绘的一支，大约在江户时代的京都与大津中间地带产生的民间绘画。

"工艺化的绘画"。我们若不从这一角度去审视它的话则无法真正理解其精髓。

再比如说小绘马[1]、泥绘[2]之类的作品亦是如此。我们来看一下泥绘中的建筑物，无论是什么样的建筑物，都被还原成一种固定模式。可能画的笔顺、色彩的选择及题材本身，这些都是固定的，甚至连手法也一定是固定的。在这些创作耗时很短的作品中，从创作者的工作状态到作品本身都存在一种规律，一种法则，我们可以将这种创作称为"工艺化的工作"。民间绘画中没有个人，只有遵循模式的民众，这与富于个性的绘画截然不同。

最初的手绘浮世绘亦是如此，像鸟居派[3]的画作就极为工艺化。绘画被反复推敲、图案化，最终形成固定的模式。鸟居派的画作就是模式化的画作，因其原本就是作为公众性的歌舞伎宣传版画而发展起来的，而歌舞伎广告牌上的特殊文字也源于同样的要求。

不仅是上述这些民间绘画，只要不是出自个人，而是源于时代的绘画，大多如出一辙。古代的宗教画，无论是佛教还是基督教，几乎都是模式化的绘画。这类绘画甚至

---

[1] 小绘马：绘马产生于日本奈良时代，是一种将祈愿的内容画在木板上，并挂在寺庙中的木板绘画。有大绘马和小绘马两种。一般所说的是民间常用的小绘马。

[2] 泥绘：泥画，用廉价的泥画颜料画的绘画，兴起于江户时代末期，用于戏剧招牌、布景、拉洋片儿等，曾兴盛一时。

[3] 鸟居派：日本浮世绘六大家族画派之一。

连构图都要遵循固定的法则。在那个信仰极为虔诚的时代，正是对于上述法则的遵从，才造就了宗教画，而且这些法则并非束缚，其往往具有极为深刻的内涵。

不仅是宗教画，诸如中国的古画亦是如此。在中国的敦煌以及日本的正仓院中都保存有唐代的"树下美人图"。一看到它，我们会发现整幅画作都是同一形式，毫无个性之笔。无论是谁在何处作画，当时都喜欢写生画美人。不仅是绘画，泥塑也保持统一的模式，而且其中并无丑陋之作。我将这种非个性化的、具有固定模式的美，称为"工艺性的美"，因为它与我们在美术中所见到的美具有截然不同的特性。

六

这种现象在雕刻中亦是如此。在知名的皇室藏品中，有一尊被称作"四十八体佛"的小镀金铜佛，据说其为推古时代[1]的作品，原收藏于法隆寺中。人们一看到那尊佛像，就会知道那是时代之作，在其身上完全看不到独立的个性表现。在当时，任何人进行任何创作都会采取同样的样式，因为那是一个信仰虔诚的时代，故而无人会主张个

---

[1] 推古时代：推古天皇执政时代。推古天皇为日本第33代（592—628）天皇，是日本历史上第一位女天皇。

性。六朝[1]佛教造像的特征尤为明显，是立体与线条的简单融合。图案统一、样式固定，几乎全部都归为几条直线要素的集合体。我将这一时代之作称为"工艺性"的作品，它是模式化的雕刻。

我再举一个西方的例子。一看到罗马风格的圣像就会让人联想到六朝佛像，因为两者的时代氛围极为相似，都是以信仰为支撑的。一靠近寺院，从入口附近开始一直到寺院里面，都摆放着好多尊圣像。看到这些圣像，我们会惊讶地发现它们与"四十八体佛"等在样式上有诸多相通之处，都是所谓的非合理性、非写实性的雕刻。但它们却是极为鲜活而美丽的。作者为了增加立体感，尽可能减少雕刻面，所有的图案都有固定的模式而且还使用了极多的直线性要素，以此来实现模式化的美，为我们展示出了在那个时代所有个人都要遵循的模式化的世界。我想用"工艺化的"这一形容词来描述这些雕刻，以此能更清晰地表达其特性。这些雕刻与近代的充满个人色彩的雕刻属于截然不同的两个范畴。

我又想到了伎乐面具[2]。可以说当人的面容工艺化为一种模式时，就产生了面具。它并非普通的写实，但却比任

---

[1] 六朝（222—589）：一般是指中国历史上三国至隋朝的南方的六个朝代。即孙吴（或称东吴、三国吴）、东晋、南朝宋（或称刘宋）、南朝齐（或称萧齐）、南朝梁（或称萧梁）、南朝陈这六个朝代。

[2] 伎乐面具：被认为是日本最古老的戏剧面具，用于古代舞蹈剧的时尚木质面具。

何人的面容都更逼真，它代表了形形色色的人的相貌。

下面，我要在截然不同的领域进一步探究这一特性。

七

宗教无论其为何种形式，都会发展成为仪式。虽然有人会将仪式简单地理解为形式，但这只不过是一种肤浅的看法。仪式是人类赞美神灵、感谢神灵的情感结晶，没有比祭祀典礼更为庄严的祭神仪式了。仪式是宗教生活的典型，是信仰的行为表现，是宗教性表情的模式化，亦是一种韵律。仪式必然与音乐相伴，音乐本身就是一种仪式。祭祀典礼就是"祭神仪式的工艺化"。天主教弥撒就是优秀的工艺，它是一种大型宗教仪式，是礼赞与感谢的典型模式。为何天主教如此重视典礼呢？答案不言而喻，因为典礼就是信仰的工艺化。

佛教的各种仪式亦是如此。修行、念佛以及供养都必须要遵循仪轨。仪轨是宗教生活范畴内应该遵守的礼法规矩。当宗教超越个人成为宗教团体时，则必须要举行相应的仪式，如若不然则无法成为有秩序的宗教团体。没有仪式的宗教还尚属个人阶段，尚未成熟。

祈祷是人与神之间的对话，但当牧师在信徒面前进行祈祷时，常常会用一种高声调来进行，我将其称为"工艺化的祈祷"。诗朗诵自然而然地转变为赞歌，在我看来，这是工艺化的朗读。宗教音乐中最为庄严的格里高利圣咏，可谓是抑扬顿挫的宣叙调。声音一旦献给神灵，自然而然就会成为韵律性的呐喊。可以说这种赞歌是最"工艺化的音乐"。

僧侣读经亦是如此。从那奇妙的声音和抑扬顿挫的声调中，我们能够发现朗读的真谛，而一旦失去了这种声调，则无法称为诵经。在此我想到了"工艺化的朗读方式"。在净土真宗中，就连说教也具有出色的模式。没有什么能比亲鸾上人[1]那一代僧侣及他们的教法更能震撼大众心灵的了。那是一种法事仪式，亦是一种教义文化。从中我们可以看到极为巧妙的工艺化的说法。真宗是为众生带来福音的，而非个人性的宗教，故而其要具有工艺化的形式。

我们再来看看在比叡山每五年举行一次的天台宗论辩。其考试的问答甚至都要谱曲进行。在那种情形下，是绝不可以进行普通对话的，故而采用工艺化的问答方式。

八

不仅是宗教，其他领域亦是如此。茶道就是一个很好的例子。众所周知，茶道的关键是茶礼，没有茶礼就没有茶道。茶道本身就需要一定的仪式。经常有人认为仪式只

---

[1] 亲鸾上人（1173—1262）：日本平安朝末期到镰仓中期人，为净土真宗的祖师。

是一种形式、一种束缚，只会让人感觉不自由，但那是因为他们误解了仪式的真正含义，没有看到仪式所蕴含的超出形式之外的内容。茶道仪式是茶道精神的表现，其通过最简洁的动作将茶道精神表现得淋漓尽致。必须强调的是，缺乏精神会使茶道流于形式，而有了礼法，茶道才获得了自由。当茶道回归至最自由、最自然之路时，展现出来的除了礼法别无他物。此处蕴藏着仪式的奥秘。茶道的礼法是最简洁的动作，当一切都被压缩至仅剩最精华的部分时，就形成了模式，出现了法则，那是将所有的复杂内涵都简单化了。若内容不充实，则无法形成仪式。无论任何茶人如何进行操作，其结束时的最后一个动作就是茶道所展现出的礼法。茶礼是动作的模式化。茶道之美属于工艺领域。在茶室、茶具、动作、庭院配置等方面，若不实现工艺化就无法形成茶道。

　　花道不亦是如此吗？所谓花道，是将大自然给予的花、枝、叶等素材插成一个造型，我将这种造型再次称为"工艺性事物"。插花并不会使花变得不自然，插得巧妙的花会更加焕发生机。插花至少要使花达到至美的境界，才能称为花道。或许是因为崇尚自由的缘故，最近投入式插花法很盛行，但还没有完全发展成为一种模式。这种插花方式若未能充分实现工艺化，则只能算作是旁门左道而已，因为插花只有在具有一定模式时，才最具活力之姿。诸如囵于外在形式的远州流[1]之类的插花流派，往往易陷入僵局，而其并未充分实现工艺化自是不言而喻了。模式必须是从事物内部自然而然涌现出来的，插花可以使自然之花更具模式之美。西方则不存在这种工艺化的花道。

九

下面我再举个能剧[2]的例子。一种舞蹈经过反复推敲，并被最大限度地程式化之后，就产生了能剧。能剧所展现的是在举手投足的动作之间的以小见大，是非同寻常的美的结晶。能剧中不允许出现任何多余的动作、眼神等，若有多余之物留存的话，则不能称之为能剧。为何能剧是传统艺术？为何保留传统的能剧如此有地位、如此古雅？那是因为其具有固定的形式。能剧是一种规范的艺术，因为能剧演员必须遵从既定的规则。遵从规则不会束缚能剧演员的表演，相反正因为他们遵从规则，才能够最自如地进行表演。能剧或许在所有的舞蹈当中，是最工艺化的艺术。而西方舞蹈尚未凝练至此，还离动静一如的境界相差甚远，因为其多余动作过多。动在静中才更能得以彰显，或毋宁

---

[1] 远州流：兴起于江户时期的一种茶道、花道等的流派及其用具和环境陈设风格，创始人为小堀远州。

[2] 能剧：日本中世的艺能中包含舞蹈和戏剧要素的艺术形式，有猿乐能、田乐能、延年能等。

说是只有动静结合才是正道。从这点来看,能剧艺术达到了动静一如的最高境界,它具有应该遵守的固定形式。我将其称之为"工艺性艺术"。

像日本的歌舞伎作为形式艺术,可以说也是最让人感兴趣的艺术表现形式之一。从语言、动作乃至服装,都有必须要遵守的秩序。以近代的眼光来看,人们或许会感受到其在思想上的倦怠,但歌舞伎却是完全达到一种艺术境界的戏剧,已完全成为一种工艺性艺术。而起源于思想的近代事物却往往会忽视艺术,故而未能实现工艺化,这亦是其尚未发展成熟的证据。

我喜欢歌舞伎,但更爱木偶剧。很少有事物能给我留下如此深刻的印象。木偶是人类动作的结晶,但人却很难做出比木偶更简洁生动的动作。木偶能做到人所不能做的动作,因此人甚至已经开始模仿木偶的动作了。可以说木偶剧是人类戏剧进一步工艺化的产物。

十

我再举一个同为形式艺术的义太夫[1]。其妙不可言,就

---

[1] 义太夫:义太夫节的略称,是江户时代前期由竹本义太夫创始的净琉璃的流派之一。

如同净琉璃[1]剧本的字体一样，展现出精彩的模式。其原本是以朗读的方式进行的，但其内容自身要求朗读方式的抑扬顿挫。应加强语气之处、应减弱语气之处、语速加快之处、语速平稳之处、悲伤之处、喜悦之处，各种情景交替出现。朗读逐渐变为吟咏，进而演变为义太夫，这是必然的趋势。吟咏是朗读的最高表现形式，因为朗读在吟咏中被深入凝练。朗读被程式化，最终发展成一个固定模式就是义太夫，这正是"工艺化的朗读方式"。

下面谈一个题外话，是关于表演义太夫和弹三味线[2]时所穿的礼服。礼服是在正式场合端正仪容进行表演时不可或缺之物，从礼服上我们也能够看到工艺化的痕迹。无论在任何地方，礼仪都能够使衣服工艺化，比如我们穿的和服裤裙，亦是通过直线来加强进而形成固定模式的，还有像令人惊叹的西方燕尾服，其发展亦经历了同样的历程。人在正式场合露面时，其形象会与平时有所不同。

十一

下面我要在截然不同的领域继续探寻这一真理，那就

---

[1] 净琉璃：配乐说唱故事之一，16世纪产生于日本三河地区的说唱形式。从17世纪初开始，采用三味线伴奏，并与偶戏剧相结合，遂产生"偶人净琉璃"，开始在京都演出，后流行于三都（京都、江户、大阪）。1684年竹本义太夫开始在大坂竹本座说唱义太夫调。

[2] 三味线：成形于15世纪左右，为日本传统乐器，与中国的三弦相近。

是令人震撼的在日本极为盛行的相扑运动。没有比相扑更为精彩的"工艺化的竞技"了。令人感到奇怪的是，大多数人只喜欢谈论相扑力士的胜负，很少有人会去谈论其形式美。或许是因为相扑本来就是一种御前竞技，它的每一个环节都遵循礼法，具有成熟的形式。相扑绝非个人化的随意性竞技，而是一切都要遵循礼法的竞技。相扑力士梳着统一的发髻就是出自礼法的要求，能剧演员戴着面具也是出于同样的理由，因为能剧要求表情要摆脱个人化因素。相扑作为一项公共竞技，要求相扑力士在比赛时身穿正式服装。兜裆布的装饰性系法略显不足，还要再点缀上漂亮的穗子，穗垂下来的绳子都是直的，像花一样绽放。横纲[1]的刺绣围裙将力士打扮的极具装饰性。相扑裁判的服饰，其手中所持的指挥扇以及紫色的缨带都很有仪式感。不仅如此，相扑力士的双脚轮流踏地的方式、身体的准备动作也都具有固定的模式。呼叫员[2]发出的"东——""西——"以及"一边如何如何""另一边如何如何"等呼喊方式，也都使用特别的腔调。裁判插空发出的诸如"双方互看""开始吧，加油"之类的语言指令，都必须遵循传统的腔调，不可随意发挥，就连相扑的摔跤方式也被固定为四十八个招式。相扑是从头至尾都要遵守法则的竞技，可以说一切都具有形式美。这项充满仪式感的竞技，最终在获得前三名

---

[1] 横纲：相扑力士的最高等级。
[2] 呼叫员：宣读相扑力士名字的人。

的力士的精彩表演仪式中拉下帷幕。这世上还会有与美如此完美结合的竞技吗？相扑运动不仅体现了动作之美、肉体之美，它还达到了一种装饰性的艺术境界。相扑之美是工艺之美。

十二

接下来我又想到了武术。众所周知，剑道和柔道中也有很多已经成为固定模式的动作。当击打、劈砍、突刺、摔倒、放倒、按压等这些动作能够有效迅速击中对方要害时，就形成了一种模式。人们常说："那很符合规范。"所谓符合规范，即是遵守形式。当遵守形式、符合规范之时，招数就发挥到了极致，或毋宁说是发挥到极致的招数自身就会形成某种模式。武术的形式是武术动作的精华，我再次将其称为"工艺化的动作"，它是一种归结到根本的形式，是所有动作的最终归宿。模式的形成是自然而然的，而非外力强迫的结果。其绝非刻板的规则，亦非无灵魂的躯体，而是最生动鲜活之物。

而同样地，围棋和象棋中也存在着棋谱这一固定模式。棋谱是下法的工艺化，因为棋谱是棋局获胜的最捷径之路，不遵守棋谱的下法往往会满盘皆输。棋谱并非个性化路线，而是所有人都必须遵守的固定规则。棋谱就是公式。

十三

文学亦是如此。可以说凡是好文章,字里行间都流露出一定的规律。语言生涩、赘言过多、思路不清的文章,难以称作好文章,而内容洗练、文笔简洁、含蓄深刻的文章,都是技法纯熟之作。我们可以将上述文章称为程式化的文学。将文学提升至技法层面是文学家的目标,而从文学中发掘技法乃是文学史家的工作。

一般认为当散文贴近某种技法,形成固定的简约模式时就产生了诗,也可以说诗是程式化的文学。诗通常采取某种固定形式,要求具有韵律。正如在日本极为盛行的俳句,我认为其是最典型的工艺性文章。千言万语凝练为十七个假名,意义尽在其中,这正是文学的程式化,没有比俳句更简单的文学形式了。令人不可思议的是,十七个假名并非是一种限制,俳句反而是最能自由进行语言表达的文学形式,其甚至能表达我们无法言说之事。当遵守一定规则时,人会获得无限的自由。

大和之歌《万叶集》[1]被大家公认为是最优美的和歌集,但其为何优美?又为何会成为优美的和歌集?我们现在仅通过语言来鉴赏《万叶集》,但其原本是人们用来吟咏的和歌,甚至还伴随着舞蹈表演。我们从诸如琉球

---

[1] 万叶集:日本现存的一部最古老的诗歌集。

的《思草纸》[1]等流传至今的例子中可以看出,《万叶集》之美并非只是从语言的推敲中产生的和歌之美,其在音乐、舞蹈与语言尚未分离之前就已经产生了。这三者的结合使《万叶集》具有更深的韵律。韵律将所有事物工艺化、程式化。《万叶集》可谓是最优秀的装饰性文学,是程式化的和歌。我认为这就是《万叶集》之美的秘密所在,这恰好与雕像四十八体佛之美极为相似。

十四

科学家通常将自己的学问归结于某种法则。学问必定会展示出一定的法则,否则无法成为学问。自然法则可以说是知识的程式化,因为它是汲取万物之精华凝练而成的简约法则。有些学者将法则视为思想的经济化。我在自然法则中感受到了科学的工艺化,或毋宁说我们将工艺化的科学知识称为自然法则。在法则中,科学是最美的,它是数理,亦是秩序。未经整理的生涩知识无法成为科学。无论在哪里,自然法则都是公式。科学在知识层面将自然工艺化。

---

[1] 思草纸:琉球第二尚氏王朝时期的一部琉歌集,1531年至1623年间由琉球国朝廷主持编纂而成。

十五

一个社会或许亦是如此。无秩序的社会是混乱的社会。秩序的有无、组织的正邪左右着人们的幸福。当生活符合规则，或是符合生活的法规被颁布时，社会水平就会得以提高。当一切都发展到公共性共存模式，即非个性化模式时，社会便会与和平有机结合在一起。若个人为了一己私欲而破坏秩序，则社会就会发生动乱，大众就会陷入痛苦之中。井然有序的社会能够保障大众的幸福。这种秩序承担着超越个体自由的工作，我将这种组织完备的社会称为"工艺化的社会"。而令人不可思议的是，只有这种社会才能最大限度地调动每一个人的积极性。无视组织的个人主义反而会破坏个人的生活，因为如此一来社会会立即失去秩序。

在生物界，本能守护一切。本能可以称为生活的工艺化。对生物而言，本能就是不可或缺的秩序，是生活得以确立的基础，破坏本能就会失去生命。世间万物的形态、行为等所有的一切都离不开法则。大家可以看一下蜘蛛网和蜂巢，它们不都是工艺性事物吗？它们都很好地保持着均衡模式，都是有秩序地修建而成的。我们再看看植物的叶子、花以及雪花，不也都具有均衡之美吗？它们都有固定的模式。自然也要走向程式化，要活在秩序之中，因此破坏法则的生物在自然界中是无法生存的。

跋

我已经列举了诸多例子来逐步勾勒出"工艺性事物"的形象。上至僧侣读经，下至豆腐店老板的吆喝声，程式化的世界无处不在。通过对上述不同领域的各种形态的分析，我得出了一个结论，并试图由此得到对工艺问题的深刻启示。

那么通过上述例子，我能够归纳出什么结论呢？上述事物又具有哪些共同特征呢？接下来我将逐一进行列举。

一、事物在什么情况下会成为工艺性事物呢？当其进入公共场合时所展现出来的就是工艺化的形式。比如所谓的某种字体的工艺化，就是非个性化的字体。当其被大众广泛阅读时，字体就会展现出工艺化的形式，换言之，当某种事物成为公共性事物时，就要求其具有工艺化的特性。此时它已不是个人的私有物，而是大众的共有物。

换个角度来说，当事物超越了个人境界时，就进入了工艺化的世界。个性化事物尚未具备工艺化特征。那抑扬顿挫的读经声调是在佛祖及众门徒面前才会高声发出的。工艺性事物中不存在个性化事物。只有超越了个人境界，才能具备工艺化特性。工艺性事物通常是公共性的。

二、公共性是共有的。正因为共有，才能够进入模式化的世界，故而工艺性事物总是具有固定的模式。此处的模式是指大家都应该遵循的标准形式，比如像茶道，就是个很好的例子。模式就是法则，是应该遵守的圭臬，尚未形成固定模式的事物还未充分实现工艺化。举一个浅显的例子来说，吆喝声正是因为具备了固定模式，才会成为商贩们叫卖物品的声音。

三、模式是应该遵循的法则。而法则应具有被保护和传承的必要性，所以工艺化特性常常与传统结合在一起。祭祀仪式是宗教行为的工艺化，若我们忽视其传统特征的话，仪式就会瞬间失去其意义。仪式只有守护传统，才能充分发挥其作用，传统不是束缚，在宗教领域，传统是宗教团体立身的基础，若无这一基础，宗教则无法实现其自由发展。所有工艺性事物本身都具有深厚的传统文化底蕴。

四、模式是事物的精华。法则是由事物精炼而成的一种模式。它是去其糟粕，留其精华之后的形式，是事物的核心部分。就像能剧，便是以最少的动作来表达最多的意思，我们无法用比这更精炼的动作来表现如此复杂的艺术形式了。我想将上述回归本位之物称为工艺性事物，若尚存多余之物，则说明还未充分实现工艺化。

五、模式是一种韵律。可以说所有工艺性事物都具有韵律性，具有韵律性的事物所呈现的是一种最顺畅自然的状态。所谓韵律性事物，是指进入完备状态的事物。仪式必然伴随着音乐。当朗读被工艺化时，就成了吟咏，进而成为一种音乐，换言之，即事物内部具有某种数理关系。

工艺性事物是具有秩序性的，秩序是其重要特征。

六、模式是经过整理而形成的。尚未成熟之物还不是工艺性事物。现实存在的事物只不过是素材而已，若不加以筛选是无法成为工艺性事物的。从这个意义来说，工艺性事物并非是写实性，而是抽象性事物。只有将手中素材加以筛选，从中提炼出本质性特征，才能实现工艺化。它们并非现实性事物，但却比现实更真实。伎乐面具是非写实性的，但其逼真程度却超越了写实性的事物。不成熟的事物是无法创造出这种真实感的。

七、在前文中，我多次用"模式化"这一词来置换"工艺化"。所谓模式，就是将复杂的现状还原为单纯的形式，可以说是将现状压缩之后形成的形式，是手中的素材从不成熟的状态经过反复推敲磨炼而形成的一种状态，这种通过压缩、反复推敲而形成的状态就是模式，因此模式能让我们最深刻地感受到最强烈的现实之美。净琉璃剧本的字体就是字的模式化，同样棋谱亦是棋法的模式化。工艺性事物的形式并非是绘画式，而是模式化的，故而工艺性绘画具有模式化的形态，就像初期的大津绘便是很好的例子。不成熟的事物尚未形成固定模式。工艺与模式是密不可分的。

八、综上所述，工艺性事物达到了一种技艺境界。未经雕琢的事物无法成为工艺性事物，工艺性事物是经过熔炉的千锤百炼而形成的。事物只有经过充分咀嚼消化之后，才能达到这种境界。对工作生疏往往是很危险的。此处的技艺并非做事巧妙，且仅凭知识和思想是无法产生技艺的，只有适应工作才能产生技艺，其需要修行和训练。只有成熟的事物才能成为工艺性事物。

九、换言之，即能使某项工作成为工艺性事物的只有内行人，外行人根本无法充分实现工艺化，因为这就犹如婴儿蹒跚学步，外行人的技艺还尚未熟练。工作需要内行人来完成。他们只有全力以赴，才会有所成就。工艺性事物原本就需要职业技能，它的美无法一蹴而就。在美的领域，工匠起到了很大作用。

至此，我对"工艺性事物"的个人观察和叙述就告一段落。前文中提出的这些特性，对于"何为工艺化"这一问题提出了诸多启示，并且对于进一步探寻"如何实现工艺化"以及事物与"美"之间是如何结下不解之缘这两个问题，也起到了一定的提示作用。

第三章 工艺与美术

关于"工艺与美术"的性质及两者之间的关系,尚未有人进行过充分讨论,这是因为人们尚未找到重要且有价值的素材。但在反思美的问题时,我深切地感受到关键性素材就暗藏在其中。

曾经我们在歌颂民艺的意义时,招致了太多的嘲讽和质疑。时至今日指责之声仍不绝于耳。但值得庆幸的是,在这五六年间,我们对民艺的坚定信念造就了其在工艺领域不可撼动的地位。虽有种种批评之声,但我们绝不能对民艺的正当性产生怀疑,一切只需静等时间的验证。

但我要将问题再向前推进一步,这就要求人们的思想观念发生巨大的转变。我能够预想到自己的论证会招致比民艺问题更大的质疑,因为这是对根深蒂固的原有观念提出的明确抗议。然而走到这一步,我是经过深思熟虑的。我认为现在是选择言论自由的好时机。

下面我将从人们必然都会思考的疑问出发,来探讨这一问题。

一

"美术工艺"一词为大家所熟知。这一词是由英文"Art and Craft"翻译而来的，现如今已然成为日语中的一个惯用词汇，但却没有"工艺美术"一词，这显然是因为两者之间存在地位差异。人们普遍认为美术地位高，而工艺地位低。美术家和手艺人是不同的，画家和画工亦是有区别的，因此工艺家们纷纷远离"工艺"而投身于"工艺美术"中，以此来寻求稍许心理慰藉，若身处工艺领域，则地位低下。

最近美学领域的发展趋势是重美术而轻工艺，这是对美术和工艺这两者区别对待的体现。对历史学家来说，美的历史的核心是美术史，因此工艺史常常被置于次要位置。我们一想到美术史和工艺史的著作数量，两者的现状如何就一目了然了。所有的大学也都犹豫是否要开设工艺论的讲座。

但工艺和美术这两者现如今的地位关系真的恰当吗？如此以往发展下去真的合适吗？我对此持明确的否定态度。

工艺与我们的日常生活密不可分。因为工艺是劳作之身，所以也可以将其比作农民。工艺地位低，切合实际生活，对此我并不否认，我甚至以此为豪，但为何很多人会轻视工艺而重视美术呢？为何缺乏劳作的贵族品在美的领域会被如此珍视呢？为何非要将特殊品凌驾于普通品之上呢？为何要犹豫将美的根基扎根于普通品之上呢？高层次之美，难道不应该与现实、普通之物紧密相连吗？我们并非要去颠覆两者的地位关系，亦非要轻视美术或是将工艺品变为贵族品。那种新的阶级区分并不重要，但我们至少要有意识地去挽救被摧残的工艺，并将其视为伙伴。我要说的是，比起美术，在工艺的基础上建设美的王国更具合理性。我认为对于美术的偏重和对工艺的阶级性轻视，是近代审美意识的根本性错误。

　　我不是从最近盛行的意识形态辩证法出发来归纳这一真理的，对此我颇为满意。我亦非要标新立异，只是直面事实而提出自己的主张。为了快速切入问题的实质，我想先问诸位一个问题，大家认为什么样的画作是美的呢？现如今我们鲜少能看到美的画作。尤其是近来拙劣之作太多，若想要寻找美的画作，只能回到过去。那我选择的美的画作是什么样的呢？让我感到惊叹的美的画作，其一定带有工艺性这一特性。我为何不愿意去近期的美术展览会呢？因为在那里几乎没有美的作品，所以即使去看也会觉得索然无味。为何那些作品不美呢？我发现那些画作实在是缺乏工艺性之美。所以美术作品只有展现出工艺性这一特性时，才能成为出色的作品。

　　或许很多读者对于这近乎结论性的话语难以立即接受，

但我会做进一步地阐述，以求得大家的认同。我们去日本人家中拜访，看看他们的和室房间中挂着什么样的画。我鲜少会被那些挂画吸引，因为几乎没有美的作品。我并非要责备房主的选择，因为想要求得真正美的画作是极为困难的。留存至今的古代作品有很多，但是那些作品寻常人是无法得到的。为何最近出色的挂画少了呢？想来是因为美术依靠的是个人的力量，而且是极为优秀的个人，也就是这世上鲜有的天才。几乎所有的画都很无趣，究其原因无非是它们都是依靠个人力量创作而成的，而这是一条最为艰难之路（当然不只是绘画）。或许在某些情况下我们能够列举出一些知名画家的作品，但能够在这条难行之路上坚持走到最后的画家屈指可数。很多买家买画认名气，却忽视了作品本身。而反过来我们再将目光转向被轻视的工艺领域，尤其看看那些无名款的各种物品。我们能够轻而易举地从其中挑选出美的物品。即使是现在制作出的物品，其美丽也未减分毫。这是为何呢？因为那些物品大多数都是制作者在易行之路上完成的。制作者自身没有力量，但很多情况下其可以借助他力的帮助或救助。有些人或许会责问道："在那些工艺品中，不是也有很多丑陋之物吗？"事实的确如此。我们拥有无数本不应该在我们身边存在的工艺品，但我想悄声告诉读者一个不折不扣的事实，那些丑陋之物实际一半是以所谓的"工艺美术"为志向创作而成的，而余下的另一半，则只不过是被企业家们强制要求制作出来的东西罢了。

若让我从文展[1]的作品中选出想与之共度生活的作品，我感到很为难，因为几乎都是丑陋之物。这一悲剧的根源在于那些作品都是打着美术旗号的工艺品。真正的美术需要天才，而那些作品的创作者几乎都不是天才。他们即使有个性，也不过是自己的小个性罢了。

但讽刺的是，在无名款的实用性工艺品中，我们却能够发现很多谦虚、平安、健康之物。我认为农家厨房和小巷杂货铺，其实是更合适它们的陈列场所，在那里我们一定会遇到一两个爱不释手之物。天下闻名的茶具，都是从那些地方被挑选出来的，"大名物"也不例外，其实它不过是无名款的实用品而已。大家都认为茶人的眼光是敏锐的，但这仅限于茶道形成初期之时。茶器上一旦出现落款，就会即刻成为丑陋之物，因为如此一来茶器就成了工艺美术品而非工艺品。

作为文展评委的知名陶艺师，却无法创作出超越名不见经传的工匠制作的明代青花瓷的作品。纺织大家却无法创作出比普通妇女制作的科普特纺织品更美的作品。为何会产生这样的悖论？究其原因必然会让人想到个人的脆弱性。

然而这其中亦不乏优秀之人，还有我们称为天才之人，

---

[1] 文展：1907年（明治40年）日本创办的文部省美术展览会的简称。

他们创作出了稀世珍品，但从结果来看，那些作品越出色就越接近工艺之美。这又是为何呢？究其原因，是因为正如禅宗僧侣达到"放下"的境界一样，美会深入发展成为超越个性之物，人类之作升华为法度之作。这说明依靠个人力量所能达到的境地，借助外力亦可达到。那些作品已非以个人为立场的美术作品，而是升华为一种普遍之美。我想将这种美称为"工艺性"之美，因为那些作品都是非个性化之作。展现在我们面前的是被还原之后的法度之作，是一种基本图案。至此画作会达到一种境界，即工艺的境界。

二

虽然很简单，但在此我还是要阐述一下关于美术和工艺的区别。何为美术？其具有何种特质？大家都意识到美术的显著特征就是个性化。个体创作者的创作是美术，故而亦可简称为有名款之作，换言之，作品越明显具有个性化这一特质，我们就越能确定其为美术作品。若缺乏个性，作品也会显得单薄，因此独创性的高低左右着美术作品的命运。从这一点来说，美术创作常常需要天才。只有卓越的个人才能创作出美术作品，因此我们可以断言，美术是天才的产物。美术是在个人意识萌芽的背景下诞生的。美术是个性化的产物，个性化是其显著特征。

那些作品重点着眼于美的表现上，换言之，是美的意识创造了美术，因此，美术亦可称为意识的产物。美术家观察美为何物，因此他们常常是理论家，甚至有时还是历史学家，这一点反映在层出不穷的新的美术流派上。美术家的工作就是通过个性来表现美的意识。

因此可以说美术是具有特殊立场的。正因为其独一无二的独特性才极具魅力。创作者、表现及手法都是独特的。美术作品一定要具有独创性，因其无法复制，故而符合这一特性的美术作品很少，只有天才才能创作出这种价格高昂的稀世珍品。这样的作品不是随时随地可见，亦非任何人都能购买。从这点来说，美术是一种特殊的存在，因此会为人所敬仰。在造型美的世界中，绘画和雕刻是审美艺术的两大门类，因为它们是鉴赏性作品，而非实用性作品。

而若进入工艺领域，则开启了另一个世界。工艺原本就是非个性化的，并非只有天才才能从事的工作。只要经过反复磨炼，任何人都能够进入工艺领域。工艺品的制作者都是那些未被视为艺术家的工匠，故而个性不是创造工艺的力量。多数情况下，创作者通过表现手法上的分工与合作，都能够很好地创作出那些作品。从这点来看，工艺是非个性化的，因此独创未必会使工艺变美，只有回归传统才能完成工艺创作。非个性化的工作就是工艺的本质，从这一点来说工艺是不问出处的。这世上为大家所熟知的最精美的纺织品、陶瓷器、木制品等，几乎都是无名款的物品。

而且工艺品都是现实性作品。比起鉴赏，其制作的目的更多是使用，即所谓的贴近生活之物，而非用来承载人们思想之物，故而未必要求其为意识性作品，反而是无意识在工艺领域发挥着巨大的作用。若将"美术"比作具有个人意识的神学家，则可以说"工艺"就是无个人意识的普通信徒。总之比起创作者的个人自由，对传统的皈依在工艺领域会起到更大的作用。

因此可以说工艺的特性不是个人性而是普遍性。工艺不是稀有天才，而是众多工匠从事的工作。而且正是这些服务于人日常生活的物品，才可以称为工艺品中的精华。那么既然是工艺品，其原本就具有多产这一特性，产量大其价格就会变得低廉，若缺乏这些性质则脱离了实用性。工艺与美术在这些性质上是有巨大差别的。工艺是站在社会立场而言的。

简而言之，美术具有个人性而工艺具有普遍性。前者常常需要个性化的自由，而后者则需要普遍性的法则。可以说美术展现的是个人之美，而工艺展现的则是法度之美。工艺不立足于个人之上，而美术不立足于大众之上，这两者是相对立的。

但在近代产生了一种介于美术和工艺这两者之间的特殊产物，在日本通常将其称为"工艺美术"，以此来和工艺及美术相区分。当工艺领域的作品走上美术的道路时，就形成了"工艺美术"这一特殊产物。其创作者为个人，具有个性化意识，创作目的是表现美。只是这些作品呈现给我们的是工艺品的样子，所以其既非纯粹的美术作品亦非纯粹的工艺作品，这正是我们将其称为"工艺美术"的原因。

为何会有这样的产物呢？理由显而易见，那就是人们更希望创作出受美术影响，具有个性化意识的工艺品，而且最近工艺品水平的下降，使得人们更迫切地想要实现这一愿望。工艺美术的地位要比工艺更高一等，这已然成为一个共识。美被冠以"美术性"表达出来。人们普遍认为工艺家的任务就是远离地位低下的工艺而靠近美术，因此"工艺美术"可以称为受美术影响的意识性工艺，是在历史进程中产生的一个显著现象。

那么下面我首先从历史的角度来看一下这些词语的区别。这些区别是否从一开始就有呢？若没有的话，又是何时产生的呢？

现在大家都在使用"美术与工艺"这一词语。任何人都能够将两者清晰地区分开来。众所周知，在日本这一词语是明治时期之后才开始被使用的，是英语"Arts and Crafts"的译语。其中"Art"指的是"Fine Art"，"Craft"则是"Useful Craft"之意。

但我们必须要知道的是，"Arts and Crafts"一词之前就已经存在，只是其出现至今尚未满半个世纪。这一词最初是卡顿·森德逊（Cobden-Sanderson）和威廉·莫里斯（William Morris）于1888年，在其著作《工艺美术大观》（Arts and Crafts Exhibition Society）中首次使用的，而在被认为包罗万象的《牛津英语词典》中，却没有记录这一极为常见的词语。理由显而易见，是因为刊有"Art"一词的第一卷A部的出版时间同样也是1888年，由此我们可以看出，"美术与工艺"这一词是极新的。

不仅如此，若略往回追溯，我们会发现"Art"和"Craft"这两个词意思完全相同。两者都具有"skill"，也就是"技""巧"之意。"Art"即"Craft"，没有"Art and Craft"这种用法。我想将其都译为"技艺"。

我们要知道，就连"Fine Art"即"美术"这一词语，其起源也很晚。这一词在18世纪末首次出现，被解释成"美术"之意则是19世纪之后的事，我们要意识到这是个崭新的概念。

16世纪左右，"Arts-man"这一词语被使用，但其与"Craftsman""Workman"意思完全相同，都是工匠而非美术家之意，而"Artsmaster"也只有"A Master Craftsman"之意。

我们现在明确将"Artist"（美术家）和"Artisan"（工匠）这两个词区分使用，但两者都是16世纪末才产生的词语，而且当时两者的意思完全相同，都是"工匠"之意。"Artist"作为美术家之意使用不过是最近的事，而

"Artistic"[1]（美术的）、"Artistically"（有美术性地）等词汇确实也都是18世纪中期之后的产物。原本"Art"这一词并不包含"美术"这一概念，更完全不具有个性化作品之意，且其使用范围局限于油画和雕刻方面，这一点颇为有趣。总之，"Art"一词只是"技"之意，其意为"美术"至少是1888年之后的事，而且尤为值得注意的是，"Artist"一词原本是"技艺精湛之人"之意，而且是在16世纪末之后才出现的，在此之前都是使用"Artificer"（技工）这一词，这一词与"Craftsman"（手工艺人）的意思完全相同。

但"Craft"一词历史悠久，在9世纪的文献中就已经出现了。而且与前文所述的"Artistic""Artistically"等这些在18世纪后期才出现的词汇不同，"Craftful""Craftious""Crafty""Crafted""Craftily""Craftly"等这些词汇的历史则更为久远。通过上述考察我们会发现，在古代基本没有"美术"（Fine Arts）这一概念，对造型类作品常常用"技艺"之类的词语来表达，而从事此项工作的人则用Craftiman、Craftsman、Craftman、Craftsmaster等词，即"工匠"这一词来称呼。如前文所述，"Artificer"一词也被当作"工匠"之意使用。

---

[1] 柳宗悦对"Art"（美术）一词的使用，含义较为灵活。有些情况下指的是通常意义上所说的造型艺术，有些情况下指的是相对于实用性工艺而言的那些审美性艺术。为了概念上的统一，在翻译上仍然尊重日语原文翻译成"美术"一词，但需要根据语境不同做具体的理解。

现在我们将工艺称为"Industrial Art"、"Technical Art"等，但这些词也不过是近代才出现的。Industrial 一词在 16 世纪前还尚未出现，Industrialize、Industriliasm 等词实际上也是 19 世纪后才出现的英语词汇。

通过对上述这些词语的考察，我们明白了如下事实。

第一，"美术与工艺"一词是由威廉·莫里斯提出后才出现的，美术与工艺两者原本并没有明确的区别。从根本上来说，两者的意思是相同的，也就是说两者被视作一个统一体。

第二，一切事物都属于"技艺"的范畴，都是由"工匠"制作而成的，像今天"美术家"这样的观念是不存在的，莫如说所有人都是工匠，因此所有的古代作品，无论是绘画还是器具，都更接近于工艺品。

第三，古代作品几乎都具有实用性。它们不仅是为了鉴赏，还是为了使用而创作出来的。纯鉴赏性作品是在较近代时才出现的，而在古代鉴赏性和实用性是一个统一体。

第四，由上述事实可以看出，过去的工匠们绝不是站在个人立场进行创作的，故而其作品也不会以表现个性为宗旨，而与之相对的就是贯穿各时代的造型艺术，所以工匠们的创作是非个性化的，他们宁愿忠于传统，因为至少当其作品是传统性作品时，技艺是最精湛的。

第五，因为所有作品都是经工匠之手创作而成的，同一作品被反复创作，所以数量巨大。工匠们只有经过大量的创作，技艺才能够变得娴熟。工匠人数众多，而少数的美术家却并不存在，这并不是什么问题，因为正如前文所述，美术家这一独立称谓出现的历史甚短。

回头我们再来看一下日语和汉语。与西方相同，在古代美术与工艺是没有差别的。根据所有字典的记载，工艺一词早在唐代就已经存在了，但在当时该词绝非与美术相对立而言的，而是包括绘画在内的。在日本，有叫作画师或画工的，此处的"师"或"工"是指具有一技之长的优秀之人，而绝非是指今天所说的个人画家之意。与其说他们是美术家，还不如说是工匠更为恰当。术、技、艺、工、巧、匠、能等词语与英语中的 Skill（技巧）、Craft（工艺）、Art（艺术）具有完全相同的含义。Art 一词在词源上与 Arm 有关，在日本亦被称作"能手"等。总之我们现在将美术和工艺区分开来，但倘若往回追溯的话，两者的区别微乎其微。可以说在明治时代之前，两者尚未进行明确区分，换言之，在多数情况下两者被认为属于同一范畴。

在西方，美术和工艺的这种区别产生于文艺复兴时期。在此之前所有的画家和雕刻家都是传统艺术家，不是个人艺术家。就像古希腊的菲狄亚斯[1]，个人或许颇有名气，但也不过是在同流派的众多雕刻家中属于卓越之人，而不能

---

[1] 菲狄亚斯：生于公元前 480 年，雅典人，古希腊著名雕塑家，代表作有《雅典娜神像》《宙斯神像》等。

将其视为个人艺术家。而像文艺复兴时期的拉斐尔[1]和米开朗琪罗[2]，明显是走非传统路线的个人美术家。从哲学角度来说，经院哲学之前的哲学都是传统哲学，而在笛卡尔之后则变成了个人哲学。

在中国，大约从宋代开始，画家的个人意识开始抬头，直至明清时期。在日本，则普遍认为是从镰仓时代[3]起，个人意识开始逐渐显露出来，但在此之后，人们普遍未将美术和工艺明确区分开来。美术展览会，尤其是像个人展览会，确实只是最近才出现的。

那么，为何美术与工艺要到了必须严格加以区分的地步呢？最主要的原因在于近代自我意识的觉醒。传统的堕落促进了个性的觉醒，对传统的反抗就是个人主义兴起的表现。与此同时，团体社会逐渐土崩瓦解，以个人为中心的文化开始发展。在造型美的领域，美术的地位最终得以确立。

其结果就是非个性化作品被人们所轻视，工艺与美术作为对立面被区分开来。两者间存在阶级差异，已然成为人们的共识。美术终于实现了独立，个人主义思潮在美的领域盛行开来，于是基于个性的作品被人们极度推崇，人

---

[1] 拉斐尔：生于1483年，意大利著名画家，代表作有《雅典学院》《西斯廷圣母》等。

[2] 米开朗琪罗：生于1475年，意大利文艺复兴时期著名画家、雕塑家、建筑师和诗人，代表作有《大卫》《最后的审判》等。

[3] 镰仓时代（1185—1333）：是日本历史中以镰仓为全国政治中心的武家政权时代。

们甚至认同美术家具有特殊的自由性以及跨越道德的特权，美术家作为自由之人为人们所赞颂。

那么这样的趋势产生了怎样的影响，今后又会如何发展呢？今后还仍然要将美的世界一分为二吗？这是美学领域极为重要的话题。

三

无论好坏与否，近代社会的发展趋势使得工艺与美术独立开来。美术的独立是基于自我的觉醒，为了自由的表现，有个性意识之人选择了美术之路。这是一条个性化发展之路，其目标往往是彰显个性。美术的繁荣离不开个人主义时代，有个人意识才有美术。

可以说这一现象是人们为了实现美所要经历的必然过程。自我觉醒期是人生最宝贵的一个时期。很多天才通过美术创作，为文化史的发展做出了诸多贡献，因此人们的审美意识得以极大提高。通过这样的意识或个性，许多不为人知的美被发掘出来。

但我认为在此我们有必要考虑以下几个问题。为了实现美这一目标，我们今后还依然要将自己的力量集中在意识与个性之路上吗？还依然只在美术领域寻求美的标准吗？在美的道路上，未来还应该继续坚持以个人为中心吗？这些问题现在看似无稽之谈，但一想到未来的美学发展，却成为最亟待解决的问题。

我们目睹了美术与工艺的发展历程。美术与工艺的分化产生了怎样的影响？那就是属于少数优秀天才的美术的地位提升以及属于多数民众的工艺的地位下降。美术是只有具有个性化意识的优秀个人才能从事的领域，这也说明了美术对大众来说是高不可攀的。但我们无法否定的两个事实是：这世上天才是极少数的；命运不允许众人皆为天才。故而大众与美术几乎无缘。但我们就任凭事态这样发展下去吗？

我们来进一步关注现状。美术必须要天才才能从事，从另一方面说明了普通大众的审美意识正在逐渐丧失。都说英雄识乱世，而大众不过是缺乏意识和个性的普通人而已，他们无法走进美术的世界。这说明当今民众与美的关系是何等浅薄。照此情况发展下去真的好吗？我们将创造美的世界这项工作只交给极少数天才真的合适吗？且我们应该满足于这种只有少数天才能从事的工作吗？

从结果来看，美术与大众的分离使得大众越来越缺乏审美的修养。能够创造美的，仅是少数个人而非大众。与过去相比，现状相当不堪。弱化普通大众的力量真的好吗？将美术与大众的分离视为难以逃脱的宿命真的合适吗？难道就没有使大众与美相结合的道路吗？对于这些问题，我们必然要进行思考。

而这种趋势进一步引发了一个显著的现象，即人们对美术的尊重同时也伴随着对工艺的轻视。与高大上的美术相比，人们将实用性工艺仅置于次要位置。美术作为纯粹艺术获得了至高无上的地位，而工艺作为实用艺术却地位低下。无论是在美学还是在美术史领域，都未将工艺置于正确的位置上。美术家和工艺家之间也由此产生了社会阶级差异。工艺就此长期被排除在美的核心问题范围之外。工艺与美术分化这一事实，导致了美术一头独大。

正因如此，工艺明显地衰落了。众所周知，近代的工艺走上了衰退之路。工艺与繁荣的美术相比，简直是天壤之别。这样的结果是必然的，因为在大众的审美意识下降的今天，由大众支撑的工艺是不可能提升的，大众的衰落与工艺的衰落往往是一个统一体。然而若美术繁荣，工艺即使衰败也无妨吗？若工艺的这种衰退是伴随着对美术的偏重而产生的现象的话，则说明我们现在对美术的理解是极为片面的。无论从何种角度来说，工艺的衰退都是我们所不希望看到的，因为那意味着美脱离了民众。

通过上述这些事实我们得出了一个最可怕的结果，即美脱离了生活，而其原因就是工艺的衰落，因为只有工艺能使美与生活交织相融。近代工艺的衰落使得人们的生活变得极度贫乏，即使是富人的生活也不例外。现在几乎所有人都在生活中使用许多本不应该使用的东西，而这一点普通大众却没有意识到。我们能说这是一种理想的状态吗？

若我们的理念是缔造美的王国，那工艺的衰落岂非使我们与这一理念渐行渐远？我们深切感受到仅凭美术的繁荣是无法缔造美的王国的。我们发现对美术的偏重是一种非正常现象，亦是一个不完善的过程。美术的产生是一个有价值的过程，但过程只是过程而非目的。我们已然不能再停留在美术时代了。

一个即将到来的新时代在召唤着我们。归根结底，美的问题用意识化、个性化的美术是无法解释清楚的，现在到了我们该反省意识与个性界限的时候了。

当然在此种情况下，无论如何改变，我们都不能脱离意识去探寻未来之美，因为意识的形成是一个很有意义的过程。同样，否定个性亦是错误的。未来的正确之路当然必须要包含并且超越这两者，如若不然，人类的努力就会无疾而终。我们仍可以在意识的道路上前进。我们可以仰慕天才，但在美的道路上仅有天才是不够的，也是不可能够的。我们应该清楚地认识到，现如今的停滞不前说明美的道路是极不完善的。我们不能将缔造美的王国这一目标完全寄托于美术，对美术的过度信任是无法保证幸福的。

在这种情况下，我们有什么展望呢？那就是对工艺的意义及价值的全新认识。

下面我们将目光转向作为缔造美的王国的一个必经的重要过程，即近代发展起来的个性化美术。美术的发展不能只停留于现有阶段。时代不可能永远止步于个人主义的时代。个性化美术已完成了其历史使命，即将到来的新时代之美不可能只停留于个性化层面上，它必须超越个人与普通大众交织相融。美必须从思想领域走出来，融入普通大众的生活中去。比起个人性，社会性才是美的未来发展方向。

若这种发展趋势成为必然，那未来或许美的道路将会从美术转向工艺。因为在造型美的世界，能够满足社会性这一属性的只有工艺，工艺才是能符合社会美的要求的最佳之路，若轻视工艺，则无法实现缔造美的王国这一理念。因此比起美术，工艺具有更为重要的意义。

对工艺的轻视以及对美术的偏重都只是人们的一种习惯而已。迄今为止，人们用"美术性"一词来表现事物的美丽，而在即将到来的新时代，我们应该将这一词换成"工艺性"。美的标准由美术性向工艺性转变是必然的。

因此若美与社会性形成密切关系，则美就必然与工艺性息息相关。事物之所以美丽是因为其具有工艺性，通过这一标准来判断美的新时代即将到来。从这一意义上说，美术与工艺的地位一定会发生转变。

个性化时代更需要的是美术，但社会化时代则会将关注点转向工艺。我是众多期待这一转变的人之一。从美术时代到工艺时代，从个人美到社会美，这都是历史发展的必经之路。未来我们将会再次看到工艺与美术这两者的完美结合。画家和工匠、美和用途，若这些不能很好地结合在一起的话，则无法形成稳固的文化。

第四章 民艺的含义

一

我想谈谈民艺。首先我要阐述一下在工艺中什么样的事物可以称为民艺，以及为何必须谈及民艺。

在造型美的领域中，我们尤为感兴趣的就是工艺领域。那是一个被学院派美学家们以轻蔑的口吻概括为"非自由艺术""应用美术"的世界。而在工艺领域中，尤为吸引我们的就是民艺。民艺指的是民众日常使用的器具，是被人们正式称为"厨房用具""日常用具"的各种物品。

如此说来，谈及民艺被认为是对现有观点提出强烈抗议，抑或被看作喜欢提出标新立异之说，据说还有悖近来的社会思想。民艺会被众说纷纭也实属无奈，但从我们的角度来说，我们谈及民艺并非因为人云亦云，而只是单纯因为那些物品看上去很美。我们只是遵从自己的双眼而已，说深奥一点，即凭借真实的直观感受。回头来看，我们会发现自己直观事物的初衷竟是如此单纯，毋宁说我们除了直观事物之外，别无他法。若有人对此提出严厉批判，将我们的观点冠以"叛逆性"也无妨，但我们更自然、更单纯地被民艺之美所打动。

然而我们现在所见之物，却与早有耳闻的美的世界相差甚远。既然如此，我们就产生了想要如实讲述所见之物的强烈愿望，所以我们的言论既是对原有观点的改正，亦是对被埋没之物的全新辩护，这无疑是一种价值的颠覆。但我们不能自欺欺人，因为我们坚信自己的直观感受。比起"思考"，"看"更伴随着坚不可摧的信念。

无论多么确凿的真理，在其被提出之初都必然会招致反对，因为习惯势力使得人们难以迅速接受新事物。但我们要做自己应做之事，然后静观其变。或许惊喜很快就会到来，因为现在是人们接受这种价值的颠覆的大好时机。

二

美常难以直接言说。我们只要通过直观事物，即可做出最确切的判断。但对于事物，或许也有人会看不见、看错或觉得不值得一看。为了防备那些人，我们必须要做到未雨绸缪。现在我要开始分析直观，首先从工艺的定义入手，与读者共同思考为何民艺在工艺中占据重要位置。

所谓的工艺品即实用品,现阶段这一定义简单足矣。我们可以从这一定义中导出很多东西。在工艺的概念中,"用"是关键。工艺离不开用途。物品若失去了实用性,则工艺性亦会随之消失。无视用途就是无视工艺。因此我们亦可这样说:"物品越具有实用性,则工艺的内涵越丰富。实用性是工艺的生命。"

下面我们再进一步分析工艺的内涵。符合用途之物才是真正的工艺品,换言之,即易用之物、耐用之物,才是真正的工艺品。而像难用之物、易坏之物这样的物品则有悖工艺的职责。工艺还表现出如下的特性:便利、诚实、结实。而不便之物、不亲切之物、纤弱之物则难以说是佳作,因为其不适合使用。

而且若是出于用途考虑的话,物品必须要让人们用起来得心应手。能够让人愉悦使用、让人用起来乐在其中等为用途锦上添花的这些性质,都更有助于增加物品的用途,所以工艺中会加入装饰,但必须要保证两者的主次位置。有碍用途、花哨、奢华,以及与之相对的笨重、新奇等这些性质都会妨碍用途。装饰必须要经过深思熟虑。工艺的好坏是由是否符合用途而决定的。忠实于用途,只有具备这一点才是正宗的工艺。

下面我要更加深入地思考这一问题。若与用途的结缘是工艺的本质属性,则可以说在用途最为丰富的世界中,工艺亦最具活力。由此我们可以明确两个事实。第一,是在与用途结缘最深的日常生活中，工艺是最具活力的。反过来说，在与用途缘浅的生活中，工艺则失去了生机。在用途最为广泛的民众生活中，人们使用的是最具活力的工艺品。而在玩味度日的富贵生活中，却只有最孱弱的工艺品。一方面是多数人日常必须经常使用的各种物品，而另一方面则是少数人仅偶尔玩赏的东西。可以说前者工艺繁荣，后者工艺衰败是必然的，因为与用途关系的亲疏，决定着工艺的命运。

第二，就是我们可以从日常使用的器具中窥见发展最为完善的工艺，而越鲜少使用之物，越易流于病态。理由显而易见，因为一方是实用品，极贴近人们的生活，而另一方则是装饰品，与实用性几乎无交集。对工艺品来说，比起放在壁龛静静地供人观赏，莫如放在客厅和厨房为人所用更具有存在的价值。"日常用具""厨房用具"，人们常常会客气地这样称呼。然而对于视用途为生命的物品，这样的称呼却很出乎它们的意料。它们一定是在等待能够因自身用途而夸赞自己的主人出现。可以说比起做工精良的雅器，做工粗糙的民用器具更具工艺性是很自然的。比起奢华富贵的生活，在饱尝艰辛的民众的生活中，人们使用的竟然是更为健康之物。比起装饰过度的客厅，起居室和厨房竟然更适合做物品的陈列室。这是多么不可思议的法则。

三

接下来我再换一个角度来思考"用"的性质。工艺的存在是为了辅助人类的生活,尤其是大众生活是用途的最大领域。如此一来,当用途与大量相结合之时,其作用会越发显著,而当用途与廉价相结合之时,则越发符合其本质。因为若物品无论何人、何地、何时都能购买的话,则用途就能最大限度地发挥其功能。虽然人们很轻蔑"寻常""廉价"这些特性,但若不具备这些特性,工艺能完成自己的使命吗?人类的生活能丰富多彩吗?使用者应该放心,在大量、廉价的产出物中,必然潜藏着工艺的正确特质(便宜货成为价格低廉物品的代名词是近代的事)。或者我们这么说也无妨,无法大量、廉价制作出的物品,一定是哪里出了问题。真正的工艺与经济是保持一致的。只有价格昂贵之物才是佳作,这是一种很可悲的错觉。若真如此,那也只能说是社会阻碍了工艺的健康发展。简单平常的生活与健康朴实的工艺是一个统一体。最让人感到幸福的事就是在寻常之物中竟能发现最好的工艺品。若只有稀有之物才是佳作,则整个世界就会暗淡无光。若寻常之物不好,那也是因为社会在某处阻碍了工艺发展的正确之路。大量和廉价若与粗制滥造相结合,那可以说是社会的耻辱。

我们还可以这么去阐释用途的特性。用途是一种职责。

辅助即服务之意。为人们的生活提供服务是工艺应该承担的本职工作。能够提供好服务的器具必须是顺应人们的生活之物。无论在任何情况下，用途都应该是对人类的生活有所助益，辅助、丰富生活的。提供服务的器具不可以具有奢华、高傲、固执、反抗生活、扰乱生活、排斥生活等这些性质，因为这些性质有违用途的本质。一言以蔽之，即所用器具不能具备太强的个性。因为个性越鲜明，就越具排他性。由此导致其不仅没有为人们的生活提供服务，反而凌驾于主人之上。个性强的器具难以使用，而难以使用之物就脱离了用途。工艺不需要个性，只要能发挥用途即可。很快被人厌弃之物是不符合用途的。那些器具正是因为舍身忘我，才能竭尽全力地为人类服务。若允许器具有个性的话，则必须是安静、沉稳、有亲切感等这些特性。这世上大多数工艺品都是出自不知名的工匠之手，这是多么合理之事。那些工艺品正是因为无落款才具价值。最正宗的工艺就是无名的工艺。因为工艺只有无名才能与用途深深交织在一起。佳作只有天才才能创造，这样的想法是错误的。工艺未必需要天才，更进一步说是天才难以创作出佳作。因为天才容易彰显个性，而平凡的普通民众才是真正符合工艺的创作者。从这一层面来说，工匠之作才是最合理的工艺品。

　　下面我再将蕴藏在用途中的这些奥秘，从材料以及制作过程方面来进行阐述。好的作品源于好的材料，因为材料的正确性能够最大限度地保护用途。物品的耐用性一半源自材料本身，而且源于天然的材料是最可靠的，因为人工精选之物经过人类智慧的摧残，而天然之物则是一个有机整体，而且纯真，这恰与用途的特性相符。从制作过程来说亦是如此。复杂、高难度的方法在工艺中都不值得引以为傲，因为其存在不合理之处，违背了作品的健康性。错综复杂的制作过程可能需要装饰物，但对日常用具来说，这不过是徒劳之举。简单的过程、易操作的手法、身边的材料，这些才是根本。好的器物是简单的，简单才好，简单才能耐用。工艺要融于生活，大众的生活就是工艺的领地。这是一条最平易安稳之路。新奇、异常之路虽繁荣一时，却稍纵即逝。在工艺的世界中，创作无人能及之作并不是一种荣誉，大家能共同完成之作反而是真正的优秀之作。工艺是成就平凡者之路。

　　我已从多个角度论述了用途与工艺的关系。由此可见以"用"为中心的工艺价值得以确定。工艺与用途的结合程度左右着工艺的命运，所以我要说："当工艺保持其纯粹之态时，工艺之美才开始显现其光辉"。而工艺的纯粹之态只有通过其与用途的牢固结合才能够实现。工艺性事物必须具有实用性，脱离了用途，亦就失去了工艺之美。

　　我认为上述归纳的这些真理，能够充分暗示读者为何我要视民艺为工艺的主流。工艺的真正之美源于用途，而与用途交织最深的工艺除了民艺别无他物。事实上我还未曾见过比实用品更能展现美的物品。在民艺领域中能够发现大量美的物品是理所当然的。若是在非民艺领域也有美的物品，则只能是一种情况，即是民艺变美的法则在那里充分发挥了作用。

四

关于民艺在工艺中的位置，我想稍做补充。

虽广义上统称为工艺，但我们能够看到各种不同的流派。这一问题被忽视至今，人们一直没有将工艺进行细分，所以工艺这一概念极为模糊。然而当涉及作品的价值问题时，则有必要将其进行分类、对比各自的性质，反省哪一条才是真正的工艺之路。面对各种工艺品，我眼中浮现出四种类型。它们彼此之间出发点不同、目的不同、发展历程不同，结果亦不相同。

第一种类型我称之为"贵族的工艺"；

第二种类型我称之为"个人的工艺"；

第三种类型我称之为"民众的工艺"；

第四种类型我称之为"资本的工艺"。

这种叙述或许有些抽象，下面我将通过实例来进行解说。假设此处有一个做工精巧的莳绘漆器。我将其归入第一种类型称之为"贵族的工艺"，因为是为富贵之人特别制作的作品，亦可说是与民众生活缘浅之物，即所谓的上等品。人们喜欢将这种作品称作美术品。从技术层面来说杰出之作很多，若非名家很难创作出来。若工艺史是技巧史，则这种作品是值得大书特书的。不仅是莳绘漆器，像乾隆时期的五彩绚烂的官窑陶瓷器亦是一个很好的例子。它们大多数都是精致绚丽的，常常需要花费大量的时间和金钱来完成。从它们是珍品这个意义来说，这世上亦会有很多人为此感到深深的震撼。

我还想更深入地剖析一下这一性质。那些贵族工艺品被重视的主要原因是其脱离了地位低下的工艺领域而进入了美术领域。由此我们能够看到普通人所不具有的惊人技艺。

但我想试问，如此一来工艺的本质在哪里？忽视用途制造出来的那些物品，能说是工艺的正确目标吗？以用途为本的工艺转而朝脱离用途的方向发展，岂非很快就会迷失自我？或者从本质来说，那岂非将技巧的精细与美混为一谈？接下来我要更深一步触及核心问题。这些奢华之物本身是否存在缺陷呢？绚烂华丽之物真的就是美的最高境界吗？需要这些奢华之物的富贵生活本身是否潜藏着社会的病根？权力的淫威是否在此作怪？而这种威力是否只是历史上一个不和谐的小插曲而已？贵族工艺中那些让人引以为傲之作，是否具有产生真正的美的机缘？

反之我想到了工匠们的生活，想到了那些制作过程和材料。工匠们也一定有自己的骄傲。然而将时间和辛劳都用在纤细复杂的技法上的生活是快乐轻松的吗？关上门、避开人、脱下衣服、调整动作，甚至连呼吸都要控制，必须一丝不苟地工作的莳绘师的生活，能称得上是健康的生活吗？在那里总会强加给人一种不自然之感。达到如此境地的工作本身，是否已然显现出一种病态？

我曾经见过玉质的船。从桅杆处拉出多条细丝状的网，那都是由圆雕玉制作而成的，据说工匠们要进入山洞中花费数年的时间才能完成一个作品。那让人惊叹的技艺或许会令人钦佩，然而我却对此感到痛心、感到愚蠢，甚至感到愤慨。我并非针对为了生计被迫去制作那些作品的工匠，而是对购买那些作品且沾沾自喜的人，也就是将那样的作品称为美术性作品的那些鉴赏家。我们应该允许那样的作品存在于世吗？我们必然会想到，阻碍工艺发展的最大原因就是被那种病态审美侵蚀了的生活。

然而天自周全。天意是不会允许那些作品存在真正之美的。若富贵之作是工艺的归宿、是巅峰、是主流的话，则工艺的宿命就暗淡无光了。因为工艺会被权力之人支配而饱受折磨，会成为无所事事的生活的牺牲品，而创作真正佳作的机缘却被切断了。贵族的工艺就像其使用者的生活一样流于病态而无法具备简朴、健康等特性。若在上等品中存在美的作品，则应该说仅限于技法单一、形态与纹样都简单的情况。即使同为莳绘漆器，初期的作品却要美得多。从技艺的角度来说，虽然技艺在初期尚未发展成熟，但这种单纯反而保障了美。上等品中美的作品很少，究其根本原因在于其自身病态的性质。我相信我们不能、也不应该将那样的作品视为工艺的主流。

五

人们不喜欢将那些作品称为工艺品，而是冠以"工艺美术"之名。他们认为与美术沾亲带故能提高作品的档次，所以比起用途，那些作品更是以审美为目的创作而成的。人们认为美并非源于用途，只有脱离用途才能产生美。如此一来最明确意识到美为何物，并创造美的就是"个人的工艺"。他们不问使用者为何人，也不问物品是否符合用途，只创作自己眼中认为美的作品。这归根结底是个性的表现，因此在此占据主导地位的不是使用者而是创作者自己，使用者只是站在从属角度去品味那种美。从"使用"到"观赏"的转变是个人工艺的特性。

假设此处有一个木米[1]的青花。这是一个很好的个人工艺的例子。其告诉我们创作者具有对于非同寻常之美的鉴别力，而且只有具备非凡才能之人才能创作出这样的作品。由此我的脑海中自然浮现出了木米的形象。总之这并非普通人能胜任的工作，而是只有木米才能创作出的作品，可

---

[1] 木米：青木木米（1767—1833），出生于京都，为日本江户后期著名陶艺工匠、南宗画画家。

以说是他超强个性的鲜明表现，因此其作品一直都是有落款之作。并非只有木米一人，像仁清[1]、柿右卫门[2]，可以说情况都是一样的，不同之处仅在于创作风格的差异。他们作品的魅力就在于其特质性。有特色的作品才具有生命力。独创性的有无决定着作品层次的高低。

　　立足于个人主义的现代美学，毫不犹豫地将这些作品置于工艺领域的最高地位，这是理所当然之事。但那些批判真的合理吗？满腹疑虑的我再次发出了如下质疑：将目的从用途转向美真的是工艺的终极目标吗？想要轻视用途而表现美的这种态度，真的会使工艺变美吗？若如此忽视用途，又为何喜欢选择实用性工艺作为美的媒介呢？我想要更深入地去探寻本质性问题。工艺本来就要求个性之美吗？这种个性化的美与以用途为目的发展起来的工艺相符吗？个性美真的是我们应该推崇的，而且是美的最终形态吗？我要从事实方面更进一步地去逼近美的核心问题。在个人作品中，什么样的作品是真正美的作品呢？自古至今在有名款的作品中，果真有能够超越无名款之作的佳作吗？最后的这一问题或许是一个致命的难题。

　　若将木米制作的青花与中国明代的青花相比会如何呢？

---

[1] 仁清（约1596—1680）：江户初期著名陶瓷工匠。通称清右卫门，号仁清，丹波人，京都彩绘陶器创始人。

[2] 柿右卫门（1596—1666）：酒井田柿右卫门。江户初期著名陶工，赤绘瓷创始人。

还有柿右卫门制作的釉上彩陶瓷，若与中国万历和天启年间的作品相比，会有胜算吗？读者朋友们，无论仁清和乾山[1]的陶画是多么的巧妙，我们能够就此断言其一定比无名款的粗糙石器美吗？在历史上，前者被大书特书，而后者却无只言片语，这是历史学家们的错误。这是评论家们只重名款而不注重作品本身的证据。我不否认个性具有鲜明的美，但问题是这种个性之美是否是美的最高境界呢？超越个性之美或许才具有更加深长的意味。多数情况下，个性的产物会拘泥于个性，而且这一特性往往或贯穿始终。我们无法将拘泥于个性之作称为真正的佳作。它虽具有一种特质之美，却不具有本质之美。

我无法认可立足于个性的工艺是工艺的主流。我们必须要摆脱个人主义这一陈旧观念。我们要思考的是一个不以卓越个性作为必要条件的更高层次的时代，这并非空想。正如历史所展现的那样，真正的工艺时代是无名款的时代，像西欧中世纪，就是一个很好的例子。在那个时代，有名款的工艺都是非主流的工艺。

六

下面我要继续论述的是前文提到的"资本的工艺"。现

---

[1] 乾山（1663—1743）：尾形乾山，京都人，日本著名陶艺家，是仁清的弟子。

代市场上可见的大部分作品都属于此范畴。制作者和购买者虽基本都是民众，但与前文提到的"民众的工艺"相比，其基础不同，发展历程亦不同。它产生于近代，完全是资本主义的产物，随后伴随着科学的发展，与机械结合在一起。人类精准的知识在此起到了作用。这些作品的特点是产量大且价格低廉，而且交通的发展更扩大了其普及范围。我们必须要说，这些特质是满足以用途为基础的工艺的重要条件之一。资本主义风靡于现代的经济界，这意味着机械生产在现代的工艺领域盛行。只要人类对于知识的探求永不停歇，对机械的发明就会日益进步，人类也因此受益匪浅。节省了劳动力，工作变得简单，作品的种类增加，分布范围亦扩大了。

然而在这种趋势下，工艺能由此实现其合理的发展吗？对此我们难以认同。我们必须要看到此处存在的诸多矛盾。正如大家所知，作为这种工艺产生根基的资本主义本身就是众矢之的。资本主义并非不好，但因为其常常与商业主义结合在一起，而在利益面前，一切都成了牺牲品。而且人们反复说到无节制地使用机器使劳动变得单调，变得痛苦。可以说机械生产为我们带来了大量和廉价，但此处是否潜藏着一个骗局呢？之所以这样说，是因为比起有助于大众生活，机械生产的目的实际上是投资者的利益。机械本身并没有什么不好的，产生这种悲剧的根源在于将机械当作一种为了实现错误目的而采取的手段。机械只是精明的营利主义的一个产物而已。拓宽销售途径是获利的重要因素，因此首先不问产品是否具有实用性。无论产品是否有助于人类生活，只要卖的多就好。机械生产伴随着激烈的竞争，为了吸引顾客，产品必须有刺激性，而不问其是否符合美的标准，如此一来必然会伴随着恶俗和粗劣。民众虽然获得了大量和廉价，但其代价却是失去了品质和美。产品变弱、变坏、变丑都是必然的结果。人们的审美水平就这样越来越低。而且还不止于此，财富集中于资本家手中的结果就是普通大众逐渐陷入穷困潦倒的境地，甚至连廉价品也买不起。而且机械的繁荣使得人类的双手失去了用武之地，无数的失业者成为机械的牺牲品。

然而最近认为机械工艺存在全新的美的这种趋势正逐渐抬头，这与崇尚科学有着密切的联系。在科学迅猛发展的今天，我们一定会对未来有所期待。但与此同时，就像哲学领域的知识是有界限的一样，我们也必须承认美的机械性功能亦有界限。现在最复杂的机械与人类的双手相比是多么的简单，最熟知这一点的恐怕就是机械学家们自己了。在当今错误的营利制度的默许下，人们草率地认为尚未成熟的机械已经可以生产好的物品。这不是从对事物的直观来进行判断，而仅仅是出于对科学的认可而得出的理论而已。很多理论家们看不到美，仅是从理论上断定某物美罢了。

我们有必要从根本上更深入地去追溯这一问题。无论是手工还是机械，都是生产作品的手段。手工制品未必就好，机械制品也未必就不好。无论是哪一个，只要是能生产出正确的作品就好。根本问题不在于机械本身正确与否，而是社会能否真的让那些作品合理地发挥作用。在错误方针政策的默许下，无论是手工还是机械，都无法生产出正确的作品。我现在无法认可机械能够生产出美的作品，这恰好与手工的衰落是一样的。令人遗憾的是，若现在有好的作品，那也只能不是逆时代之作，就是脱离时代之作。若要使机械工艺合理发展，则其就不能是营利性工艺。工艺只要是营利性质的就无法实现合理发展。我认为应商业主义需要而生的机械，是无法使工艺变得更美的。比起机械的好坏，制度的好坏才是根本问题。我们必须思考机械如何在改善后的制度下发挥其功能。在正确的社会组织的许可下，机械一定会朝着与今天截然不同的方向发展，不会再成为一个犹如剥夺人类劳动喜悦的暴君。当机械脱离商业主义之时，才能够生产出正确的产品，从而参与民众的工艺的发展。

七

民众的工艺，我们将其简称为"民艺"，指的是为了民众日常生活用途，由民众制作出来的工艺品。我们发现用途进入这一领域后得到了淋漓尽致的展现。这些工艺品不以观赏性、装饰性为目的，亦不受个性、利益的影响，而是为了实现用途而被制作出来的。简朴的外观、健康的躯体、诚实的品质，这一切都是为用途做好的准备。这些工艺品都是为了成为人们生活的好帮手而被制作出来的。源于用途的工艺在民艺中实现了用途这一目的。我们应该毫不犹豫地将民艺称作工艺中的工艺。民艺是工艺的主流，用途是工艺的全部。工艺只有当回归用途之时，其作为工艺的正确之美才散发出光芒。我认为在自由、诚实、自然、质朴、素雅等这些性质方面，民艺无出其右。只有这些特质才是创造美的最重要因素。在它们面前，华丽、精细、锐利等这些性质都显得很渺小，而奢华的个人之作在它们面前也显得相形见绌。初代的茶人们便很好地洞悉了这些性质。

尽管茶道已经给予了人们诸多启示，但不知是否是被后代茶人们的错误观点所误导，民艺之美及其意义都被长期埋没了。或许是因为民艺品只是悉数平常的普通物品而已，没有人要去重新审视它。由于这种袭以成俗的观点，民艺只被当作无趣之物而被人们置之脑后了。

对致力于高深真理研究的学院派的人们来说，像日常生活中的实用性物品，往往被认为是低档品。工艺完全被埋没，无法作为美学的研究对象。与美术相比，工艺甚至连一席之地都没有。即使偶尔有人关注，其对象也只是被称为"工艺美术"的极为不正宗的工艺。我还未曾见过人们用深情与理解，将民艺作为美学问题来进行论述的。

为何我们会如此轻视用途呢？这就等于说我们看不起世间的生活一样。我们应该摒弃这种墨守成规的理想主义。我们要相信，在这世间正确地活着是人们生活的最高境界。比起在脱离现实生活的世界追求美，我们更应该在符合现实生活的世界探寻美。只有用途的世界才是最真实的美的世界。或许总有一天我们会坦然接受这一惊人的命题，即事物只有与用途相交织才会表现出真正的美。

若要使这个世界变美，需要工艺文化。如此一来，占据工艺大半壁江山的民艺必然会迎来属于自己的时代。而脱离用途，仅在工艺中占比极小的工艺美术，纵然迎来一时繁荣，却无法使世界变美。对工艺的关注当然必须是对民艺的关注，究其原因是民艺与用途交织最深，且在工艺中所占比重最大。美的思考者们有一个伟大的理念，即构建"美的王国"，而这一理念只有依靠民艺的兴盛才能达成。我们必须要再次使工艺回归其本质，即必须符合用途。而作为工艺主流的民艺，我们必须扫清阻碍其发展的所有障碍。民艺的凋零即是工艺的凋零，而工艺的凋零即是美的凋零。

长期以来，作为民艺创作者的无名工匠们，因无学识、无出色个性、无很高的社会地位，且又是普通人的缘故，从历史上被抹杀了。历史学家们忽视了他们所取得的成就。然而我们能够允许此种怠慢吗？我们必须要纪念他们，纪念那些用无数甚至连天才都难以企及的美的作品，温暖了我们生活的普通大众的伟大功绩。我们绝不允许以平庸为由来轻视大众的僭越行为。我们应该深刻认识到民艺是一项没有大众绝不可能完成的工作。若让我成为工艺史学家的话，我要立即改写历史，我要将其命名为"无名工艺史"。无名款的工艺才是工艺的主流，因为我没有见过比无名款之作更美的作品了。若有名款的作品中有真正美的作品，那也只是由于创作者用尽毕生精力超越自我，达到了无名款工艺境界的缘故。

民艺是一条易行之路。天然的材料、合理的行程、纯朴的内心、简单的构造、普通的人们，仅此足矣。我们渴望一个不被打扰的平凡社会。而现在不可思议的是，这样的易行之路却成了难行之路，因为对追求卓越的现代人来说，没有什么比平凡之事更难的了。然而这种趋势是不自然的，我们必须要回归常态，因为那是最正确的生活方式。我们要共同努力走在产生美的安稳之路上。

第五章 工匠的工艺

一

此处所说的"工匠的工艺"，是与"个体创作者的工艺"相对而言的。其指的是因生活需要由工匠们制作出来的无名款的工艺品。这样的东西有很多，但最让我感兴趣的是其中的实用品。因此若一言蔽之，即"为了用途而创作出来的工匠的工艺"，这是我在此处要提及的主题。

为何我会对工匠的工艺极为感兴趣呢？为何这算得上是极为重要的工艺问题之一呢？现将理由归纳如下。

信仰宗教之人常常说要实现"神的王国"。同样对美的思考者来说，实现"美的王国"正是其最高的理念。所有希望、所有努力、所有方向都是为了实现这一目标。他们竭尽全力想要使这个世界变美。所有与美有关联之人，无论是否意识到这一点，大家都背负着各自的希望。

所谓美的王国的实现，即美渗透到社会中来。在美的王国中，时代本身被美升华，美支撑着世间的一切，人类亦被美挽救，人人都能够做好工作，无论做什么都是美的，美成为平常事，而丑陋则消失得无影无踪，美与生活结合在一起。上述内容即是美的全部理念。所谓的理念，指的正是人类所应具有的最终理念。

对于这一理念的实现，实际起到最重要作用的，不是美术而是工艺。若无工艺则这一理念无法具体化。工艺与人类的生活相交融，占据了美的领域的大半壁江山。若工艺领域阴云密布的话，"美的王国"如何能散发出光芒呢？若无工艺，则人们无法理解、亦无法实现"美的王国"。这就是我的信念。

然而占据工艺大半壁江山的是什么呢？是工匠的工艺，特别是符合民众日常生活用途的工艺。若无视实用品的世界，则"美的王国"将沦为泡影，这是我坚定的见解。这恰好与救济大众，即"济度众生"是所有僧侣的心愿是一样的。不提高实用品的质量，"美的王国"是无法实现的。仅在装饰品上表现美，并将其视作工艺的任务的这种态度，是我无法容忍的。即使这种工艺繁荣发展，"美的王国"的到来也遥遥无期，甚至还会伴随着美的衰落，究其原因是这种工艺往往会伴随着对实用品的轻视。但若无视那些实用品，我们能够完成工艺的使命吗？工匠的工艺，当然是工艺最重要的组成部分。工艺的集大成者是工匠的工艺，这与救济众生是宗教的使命是一样的。觉醒的僧侣为了实现这一使命而做好了准备。而同样地，个体创作者难道不应该为了工匠的工艺而奋起吗？

二

然而如今却出现了一个令人费解的现象，即个体创作者们轻视工匠的工艺。他们以不接近工匠工艺为傲，只考虑自我救赎。他们公然表达对实用品的不屑一顾，甚至就连本应保持冷静的学院派的美学家们，也将用途领域视作低贱之物而弃如敝屣。"工匠不是艺术家"这句话对工匠们来说是致命的。

当然，这样的蔑视也不无道理。实际上工匠的工艺从未像今天这般衰落。出自工匠之手的佳作越来越少，究其原因是交给工匠的工作，都是与美背道而驰的，这进一步加剧了对工匠工艺的轻视。

那么导致这种趋势的罪魁祸首是什么呢？我想把责任归结到两件事情上。第一是社会制度的异常。大量的工匠工艺登上历史舞台之时，其曾有一段时期突然呈现出衰败之态，那恰逢商业主义兴起的时期。在日本，大约是明治十五年至二十年这段时期。为何会如此呢？究其原因是彼时的工艺创作不是以用途为目的，而是以利益为目的。商业主义是利益至上的主义，品质、美和用途在利益面前都只是虚无缥缈的幻影罢了。粗劣和庸俗自然成为物品的代名词，地位低下的工匠们成为企业家们的牺牲品，其结果则导致了今天的现状。并非是工匠们无法创作出好的作品，而是制度不允许其创造出好的作品。工匠们并没有错，罪在生产制度上（一生都致力于工艺复兴的威廉·莫里斯[1]成为一名社会主义者站在街头进行游行示威有其必然的道理。社会制度若混乱，"美的王国"就无法实现，工匠的工艺就无法合理地发展）。

第二个理由是因为对个人主义的过度颂扬。制度间相得益彰，人与人共同协作的时期已然成为过往。自我的觉醒将人们引向个人主义的世界。人与人开始疏远，美也呈现出以个性为中心的发展趋势。符合用途不会产生美，只有符合个性才会产生美。物品的制作不是为了使用者的使用，而是全凭制作者的个性，于是工艺中也出现了个体创作者。工艺转变为"工艺美术"，物品的制作目的从使用变成了欣赏。然而伟大的个性只有天才才具有，作为非天才的普通民众能有什么艺术呢？工艺之美从工匠的手中被剥夺了，而转移到了天才的手中。工匠的工艺在社会、美学或是经济领域地位低下，都是由此而导致的结果。人们于是习惯性地轻视工匠工艺，工匠被弃置于低贱的地位，且毫无翻身的可能。"工匠不是艺术家"，如此一来只有工艺美术赢得了很高的地位。历史学家、鉴赏家还有创作者自

---

[1] 威廉·莫里斯（1834—1896）：英国工艺美术奠基人。19世纪英国著名的设计师、诗人、早期社会主义活动家。

身，也都坚信工艺美术的优越性。然而这真的不可怀疑吗？对工匠的轻蔑，我们就此置之不理能迎来工艺的兴盛吗？真的只有对个体创作者的高度评价才能推进工艺的合理化发展吗？我从根本上对此表示质疑。

三

我认为工匠们遭受了不公平的侮蔑，所以特别想为他们进行辩护。为何工匠工艺对社会很重要？特别是为何从美的角度来说，我们应该重视这种工艺？下面我想对此进行阐述。

当今的社会情况导致了工匠的地位下降，使得其作品成色惨不忍睹，这也是工匠们被侮蔑的直接原因。然而读者们，这绝非意味着工匠的工艺本身很无趣。若略往回追溯，我们难道就没见过出色的作品吗？人们毫不犹豫地投掷万金购买的"大名物"全都是工匠的工艺，而非出自名家之手。哥特时期的所有桌椅也都是无名款的，还有那令人惊叹的波斯绒毯、明万历地毯，无一是出自个体创作者之手。磁州窑所产的精美绘高丽[1]，曾用与儿童生活相关的绘纹即婴戏纹作为装饰。工匠们为历史献上了最美的工艺。

---

[1] 绘高丽：原指中国磁州窑所产陶瓷，以上化妆土的白地黑花为特色，江户时代曾被日本人误以为是朝鲜所产，故而讹称为"绘高丽"。后来在日本也有采用此种手法制作陶瓷，以"绘高丽"名之。

那些精美的工艺品可以说在当今的社会情况下是无法完成的。不是工匠们不好，而是其身处的社会环境恶劣。

可以说工匠们无学识、无智慧，生活贫瘠，这一点无论是在过去还是现在都毫无二致。"大名物"的创作者不是茶人，更不是美学家，但因为社会环境好，才能诞生杰作。我们没有任何权利去鄙视工匠的工艺，若要说谴责的话，我们应该谴责这个社会。

然而工匠却因为自己不是艺术家而屡遭非难，"他们的作品没有深刻的个性，缺乏对美的认识。即使其作品再好，也是纯属巧合而已，并非源于对美的深刻理解。因此工匠的工艺不过是低俗的作品而已。"工匠们常被这样指责道。这实际上就是认为工匠无论是在知识层面还是思想层面上，都对美以及工艺的性质一无所知。对于这种指责我无言以对。然而要求工匠背负"艺术家"这一残酷的重担，难道不是强人所难吗？"你们无法散发个性的芬芳"，这样的指责与责问鱼儿为何不会走路如出一辙。

作为一名思想家、一名对美的知性理解者，对于个人工艺家比工匠们更出色这一点，我没有异议。但我想对轻视工匠作品的这种态度提出两条明确的抗议。

四

若现在将判断的权力从人转移到物品上会如何呢？或

许有些不可思议，但即使是自诩对美理解深刻的个体创作者，在作品上也几乎无胜算。悉知中世纪情况的莫里斯创作了一些缀织品，这些织品若与哥特织锦相比会如何呢？我认为两者完全无法相提并论。莫里斯的伟大之处关键在于理解，而不在于作品本身。无学识的朝鲜人在鸡龙山创作出了名为刷毛目[1]的器物，而日本当时正当红的陶艺家们开始对其进行模仿。然而真的有超越原作的作品吗？最好的情况下，也就只能说是模仿得极为相似而已。

为了使我的论述公平，我选取一个个体创作者的巅峰之作为例。光悦[2]有一盏被称作"鹰鹰峰"的著名茶碗（但我不知道是否是光悦的真品）。一看到这个作品，我总能感受到其背后潜藏着创作者非同寻常的理解力、感受力和爱好，这一点毋庸置疑。然而这盏茶碗所体现出的创作者的审美意识会不会也同时破坏了这个作品呢？那特意而为之的一道箆纹以及追求随性的手工底座，结果却成了这盏茶碗的致命伤。作者的构思在我们眼前若隐若现，成为美的绊脚石。若不下那番功夫或许反而会好很多。沉迷于茶趣的悲哀在于受个人意识的毒害过深。与光悦的作品相比，被称作"筒井筒"的朝鲜大路货井户茶碗却是那么的自然。

---

[1] 刷毛目：朝鲜李朝早中期产生的陶器风格，为陶瓷装饰手法之一，将白色化妆土用毛刷刷在器物上，外罩透明釉，不施任何镶嵌或绘画装饰，呈现一种自然天成的感觉。

[2] 光悦（1558—1637）：本阿弥光悦，日本江户时代初期著名的书法家、艺术家。

若让亲眼见到作品之人在这两者间做出选择，想必比起"鹰鹰峰"，都会毫不犹豫地选择"筒井筒"。现在人们因为直观能力的退化，鉴赏时完全只注重光悦的个人名气（若"筒井筒"在茶道界没有名气的话，那现在的人们或许对它亦是不屑一顾，因为它不是个体创作者的作品）。的确在人们看来，光悦与井户茶碗的创作者相比简直就是云泥之别，尤其是他的理解力极为出色。然而从作品来看，光悦却完败了。为何会产生如此悖论呢？这是一个值得我们反思的颇为有趣的问题。

我们退一步说，假设"筒井筒"这种作品是无趣之作。那么对于赞美和感叹这种作品的利休和光悦的鉴赏力，诸位是如何看待的呢？若他们的鉴赏有着非同寻常的深度，则人们应该改正轻视工匠工艺的习惯。人们应该认可民众具备创作优秀作品的能力，进而认识到工艺史的名誉大部分要依靠工匠的功绩。如此一来工艺界有必要重新制定未来的发展方针。人们会对将工艺的命运完全寄托在个体创作者的作品上这件事感到很矛盾。关于工匠与工艺的不解之缘，我们应该进行更为深刻地反省。

五

对轻视工匠作品的态度，我要提出抗议的第二个理由如下。具有个人意识的创作者们，会指责工匠们不具备知性理解力。然而即使工匠们在知识层面上不具备理解力，难道就不能在其他方面具有卓越的理解力吗？他们即使不能很好地进行说明，但却能凭经验悉知事物。他们能够无意识地创作出好的作品，这绝非偶然，而是必然。他们必然了解事物，只是不通过意识而已。大家对于产生美这件事的关注度提高了。现在的人们回首过去，会做出如此评价："工匠竟然能创作出这样的作品"，但我认为这是一种失礼的说法。知识并非通往理解的唯一途径。工匠们能够创作出令人惊叹的作品，这亦可说是他们了解事物的证据，或毋宁说是因为他们没有从知识的角度去理解，才更容易了解事物。个体创作者的作品，鲜有超越民艺的佳作就是鲜活的证据。

即使创作"筒井筒"的无学识的工匠，回过头来对学识丰富的"鹰鹰峰"的创作者说："你尚有未理解之处"，想必后者也会无言以对。若被质问道："为何要创作那么造作的东西呢"，想必光悦也只能对此感到汗颜。不得不说，在进行创作时，创作者越加入这种不造作就越让人费解。人们观赏"百济观音"[1]时常常发出如此感叹："在那么古老的时代竟然能创作出这样的作品"，但这是多么失礼的赞美呀！从创作者的角度来说，被这样一言概之也无可奈何，但他们会在内心发出"你们真的理解这种美吗？"这样的质

---

[1] 百济观音：指安置于日本法隆寺大宝藏殿的飞鸟时代的观音立像。

问。在美的领域里，现在的时代水准不及过去。人类过去虽然在科学文明方面一无所知，但直观能力一定是极强的。诗人布莱克[1]屡次感慨近代人们的想象力变弱这件事。实际上人类在获得科学知识的同时，却失去了直观能力。过去无学识的工匠们在一无所知的状态下能够创作出好的作品，依靠的是时代所保有的直观能力。生产组织能够很好地激发美感。在正确的生产制度的许可下，现如今衰落的工匠工艺或许亦可重新焕发生机。这是工艺领域极为重要的问题。

六

关于工匠工艺，下面我要做进一步解说。我要说明为何那种美深深地吸引着我。总的来说，过去人们赞颂美是因为其伟大。然而从美的角度来看，我将其重心放在工匠的工艺上，反而是因为那些作品是"平凡之物""朴素之物""寻常之物"的缘故。我之所以这么说，并非是要将那些作品放大为高深的艺术而进行赞美，而是因为我在它们身上看到了平常之美。我不认同以那些作品的平凡为荣的观点，但与此同时，若将那些作品视作非凡之物，我亦无法认同。工匠工艺的美在于那种平常性。对喜欢不寻常的近代人来

---

[1] 布莱克（1757—1827）：威廉·布莱克，英国著名的浪漫主义诗人、版画家。

说，或许没有比"平常"所蕴含的意义更令人费解的了（其实我在进行阐述时，甚至能够感受到平常之美中的不平常）。然而工匠工艺的最大的优势就在于其是"寻常之物"，而个体创作者的劣势就在于其以"不寻常之物"作为创作目标。在下面的例子中，我将会简明扼要地阐明这一真理。

假设你现在不幸变成了跛脚。如此一来你或许才能够感受到"能走路"的幸福。此时走路突然变成了非比寻常之事。然而在过去自己尚健康之时，走路却是最为平凡之事。所有人都在来回行走。上到圣人，下到寻常百姓，都能很好地走路。因为走得好只是一件极为平凡之事，故而无人想要对此进行赞美。这是一种源于健康的平凡，我想将其比作工匠的工艺。那些作品不过是任何一位平凡的工匠都可以制作出来的普通物品而已。但因为时代是健康的，所以物品就保持了平凡之美，抑或说美的平凡（实际上也可以这么说，我之所以极为仰慕这些平常之物，是因为自身不幸成为一个生于病态时代的跛脚）。

我想提醒读者注意的是，关于这种美与平常的必然结合。一旦时代恢复健康，那么美必然回归于"平凡之物"上。谈及对美的认识，我能想到的只有那些"平常之物""寻常之物，因为它们在美丑的彼岸，对美丑的强烈意识已然是次要问题。能够产生真正美的事物的时代甚至可能连美是什么都不知道。在我们看来非常精美的磁州窑画，对当地的人们来说，不过是极为"平常"之物，这是多么不可思议之事。这就像若所有人都是好人,也就没有人赞扬好人了一样。善恶之争尚为次要问题。

老子曾一语中的地指出:"大道废,有仁义;智慧出,有大伪;六亲不和,有孝慈;国家昏乱,有忠臣。"[1] 他的言辞非常犀利:"天下皆知美之为美,斯恶已。皆知善之为善,斯不善已。"[2] 知美而创造美,亦可。而若不知美而自己创造美,更亦可。因为创造美是寻常之事,若能无意识地去创造美,那说明境界已极高。工匠的工艺就是这种平凡的工艺。庄子道破了其中的奥秘:"而未始有是非也。是非之彰也,道之所以亏也。"[3] 从工匠的工艺中看到的美,是无是非之分的。我们不能认为"对的艺术就是美的艺术"。

然而近代的评论家们却极为轻视缺乏艺术意识、缺乏个性之物。个性不突出的工匠的工艺作为平凡之物而被他们拒之门外。但若此处出现了一个伟大的个体创作者,则他的作品应该是超越了个性的芬芳,脱离了一切低级趣味的坦然之物。我对另辟蹊径达到这种境地的工匠的工艺情有独钟,对平凡工作的普通民众抱有很大的希望,因为能够将美的东西当作平常之物,用一颗平常心去进行创作,是工匠的强项。个体创作者无法独领风骚的时代,绝非是

---

[1] 出自老子《道德经》第十八章。
[2] 出自老子《道德经》第二章。
[3] 出自《庄子·内篇》第二篇《齐物论》。

不幸的时代。因为无名款作品极好,所以作品不再需要落款的时代才令人仰慕。所有的个体创作者都应该为创造这样的时代而努力。诸如侮辱工匠夸耀自己之事,不过是一种小气的态度而已。我们要做好准备迎接所有从事工艺工作的人都能够将好的东西当作平常之物来进行日常创作的新时代的到来。这不是空想。历史上出现的伟大的工艺时代不皆是如此吗?

第六章 个体创作者与民艺

一

我认为个体创作者的立场与工艺美术家的地位今后会极为动摇。而正是这种动摇，才会使工艺界实现一个巨大的飞跃。面对创作者们，时代必然会引发一个问题。于是过去一直高高在上的"工艺美术"的地位，将不得不土崩瓦解。究其原因，是其具有诸多致命的弱点以及亟待治疗的顽疾。然而对创作者来说，正是这种土崩瓦解才能够使新的基础得以确立和形成。

或许从经济学和社会学的角度来说，这一问题今后会被更加深入地探讨，但我想从美的角度接近这一问题。作为历史的通则，或许最初我会招致来自固守成规的一群人的反抗，但由于在现代社会价值颠覆总是异常迅速，所以这场论战估计很快就会见分晓。于是站在新的立场的工艺家受到了来自时代的召唤，我是能够明确预感到这种改变的人之一。对于创作者们的"工艺美术"这一长期的梦想，这种改变或许是一种不祥之兆，但时间是最公平的审判者。这不是对创作者们的诅咒，这种改变反而注定了新生命的诞生。

二

目前对觉醒的个体创作者来说，最大且最令人害怕的反命题就是"民艺"。民艺对创作者们来说确实很棘手，之所以这么说是因为他们自身明明有学问、有见解、有主张、有个性，但自己创作出来的作品却几乎没有超越民艺品的。或许在个性、技巧等方面，他们的确会展现出令人惊叹之处，但若说到美就逊色了。有良心的创作者，必定会对此发出一声叹息。假设知名的个体陶工要煞费苦心才能制作出非常精美的青瓷，而中国的工匠却能用平常心制作出完胜一筹的东西。颍川[1]绘制出了非常精美的赤绘，而同样精美之物在中国的大路货中数不胜数。精明的陶艺家因擅长仿制绘唐津[2]而扬扬自得，可那样的东西对过去的工匠来说却是极其平凡之物。我前几天在孤蓬庵看到松平不昧[3]生前的心爱之作"喜左卫门井户"，那样的寻常之物却是被

---

[1] 颍川（1753—1811）：奥田颍川，日本江户时代中后期著名的陶艺家。
[2] 绘唐津：绘高丽，见第84页注。
[3] 松平不昧（1751—1818）：松平志乡，江户时代松江藩主，日本茶道流派"不昧流"初代创始人。

誉为日本第一的茶碗。而且无论将名气多高的有名款茶碗放到它旁边，其都是一副泰然自若之态。有名款作品的反命题竟然是无名款作品，这对个体创作者来说是一个惊人的事实。

在反省此事时，我们能得出什么样的结论呢？那就是美的产生未必要依靠知识，个性亦未必能起到作用。为了美而创作出来的东西未必就美。通过对比作品我们会发现，工匠的无学识不知为何却起到惊人的作用，于是从无名的领域里涌现出了令人惊叹之美。由此我们得出了一个结论，即以用途为目的制作而成的东西反而比以美为目的制作而成的东西更美。创作者们面临诸多应该进行自我怀疑之事。

三

然而这一惊人的事实一直都被个体创作者悄然隐匿起来了。因为一旦公布于众，他们的处境就会越发艰难。不仅如此，他们甚至很快树立了一个哲学理念，让人们承认"工艺美术"的高级性，蒙蔽了普通人的鉴赏之眼。于是他们完美地将工艺史写成了个人工艺史。而且近代的个人主义的发展势态极好，一切事物都主张个性。没有个性之物就没有存在感。因此有名款的作品在历史上获得了很高的地位，而没有个性的无名款作品却被埋没，实用品被归结为次要之物。

不仅如此，近代是一个意识时代。个人工艺家在工匠工艺面前，能够感受到自身知性理解的优越性也不无道理。对意识之美的评价越来越高。作品从自然而然地"产生"发展为有意识地"创作"。

而且敏锐的感觉是文化人的特点。在他们眼中，工匠的作品是极为笨拙之物，对此我们也无可奈何。健康反而被看作是愚钝，只有病态之美才被视为进步之美。在这种趋势下，民艺陷入被遗忘的深渊，也难怪大家都对它不屑一顾了。

然而时代在变迁。我们重新迎来了直观事物的机会。直观往往摆脱经验惯性而发挥作用，于是被遗忘的传统手工艺迎来了被重新审视的机会。在过去被人们赞美的作品中，我们能够看到种种病态之像，而很多被人们轻视的作品却反而给人以健康之感。我们会发现大部分极美的工艺品都是无名款之作。比起个体创作者，民众才是默默从事着伟大工作之人。我们一直站在为民艺辩护的立场上，是因为目睹了这一切。这确实是对固有观点的辩驳，但真理是无法伪造的。所有的个体创作者对这一事实必须明确一个态度。他们具备丰富的知识、娴熟的技巧、细腻的美意识以及鲜明的个性，却为何无法轻而易举地打败民艺呢？或许是有某种病症，抑或是有某种缺陷。今后有无这种反省将决定着个体创作者的命运。

四

过去的创作者们因为自身具有知识上的优越性，所以自诩与工匠的立场完全不同，认为"工艺美术"与"实用工艺"这两者具有本质上的区别。比起用途，他们认为以美为目的创作出来的东西更高尚且更高级。实际上由于现在的工匠在教养方面与个体创作者相比处于绝对的劣势，所以被那样评论也属无奈。而且因为现在制作出来的实用品的品质跌至谷底，所以工匠们也不得不接受这种批判。然而不幸的是，工艺界出现了两个结果。第一是"工艺美术"与"实用工艺"的彻底分裂，抑或说是创作者与工匠的分离；第二是对工匠工艺的不屑一顾，以及由此带来的对实用品的轻视。

现在的创作者们几乎都无视工艺的实用性。他们认为用途是次要的，美才是第一位的。我们可以理解为正是美才使工艺的地位得以提高。如此一来产生了这样一种倾向，即认为以实用为宗旨之物是低级的，所以人们认为工艺美的发展要从实用工艺中脱离出来。更何况是在彰显个性是艺术家的重大意义的近代社会，人们主张工艺也必须是个性的产物。一言以蔽之，即工艺的目标是升华为美术。故而对一部作品，人们通过其美术化的程度来决定其价值，而"工艺化"这一词只会让使用者蒙羞。

然而我们必须说的是，像现在出现的这种"工艺美术"

和"实用工艺"的背离是近代工艺的悲剧性事件。因为自从个体创作者崛起以来，普通工艺就逐渐开始衰退。从某种意义上也可以说是由于普通工艺的衰退而导致个体创作者的崛起，然而民众的工艺却并没有因此而被挽回，反而是越发被埋没和虐待。个体创作者急于沽名钓誉，却不致力于提高工艺的整体水平。

虽说如此，但个体创作者在历史上留下了怎样的功绩呢？正如我多次指出的那样，他们所完成的工作并没有像历史学家们大书特书的那么伟大。说有名款的作品往往要好于无名款的作品纯属无稽之谈。我们不能说"工艺美术"的崛起提高了工艺的美学价值，但过去的历史学家却轻而易举地肯定了这一点，那是因为他们只关注作品的名款，而非通过直观事物做出的判断。

曾经"工艺美术"的崛起被视为工艺发展史上的一次进步，但我认为莫如说是一种退步更为恰当。因为以过去最伟大的工艺时代为例（诸如西方中世纪、中国的宋代），在那些时代工艺是一个统一体，"工艺美术"和"实用工艺"两者尚未被清晰地区分开来。即使两者有些对立，但由于那个时代的物品皆为无名款之物，所以并没有像近代这样清晰地将创作者和工匠区分开来。一切都是符合用途的工艺，都是工匠的作品而非所谓的美术品。一言以蔽之，即作品无个性主张。所以工艺在那样的时代繁盛至极。

我们也可以将自我觉醒、个性主张视作一个历史发展的阶段，但这种发展却未必推动了工艺的发展。这恰好与自我中心主义思想破坏宗教信仰的纯洁的过程极为相似。简言之，即对工艺史来说，"工艺美术"与"实用工艺"的对立，"个体创作者"与"工匠"的分裂，是完全不会有好结果的。

五

那么个体创作者今后应该采取怎样的态度呢？对他们来说，最重要的就是要打破只有脱离实用工艺才能创作出好作品这一迷梦。他们应该摒弃认为脱离实用工艺会提高工艺水平的这一态度。若从现象上来说的话，创作者要走进民众、与民众合作，再次将工艺合流。故而我们不能将工艺从民艺中剥离开来，而是要让工艺助力民艺的发展。对工匠的蔑视挽救不了工匠，亦无法救赎自己。

只有自己才能创作出好作品，应该是创作者最微不足道的喜悦。他们煞费苦心地创作他人无法创作的作品，然而比起创作只有自己才能完成的作品，展示众人皆能完成的美丽作品才是创作者极为重大的工作。比起提升自己，与民众共同进步这项工作对创作者来说亦是重大的。有人常这样说："不能自渡，如何渡人？"话虽如此，但自我救赎却不是救赎自己的唯一之路。人们常常忽略了一个事实，那就是与他人共存是救赎自己的最好方法，这恰好与信仰超越了隐遁生活而升华为济度众生是一样的。未来的创作者不应该只依靠审美意识来开展创作，而更应该依靠社会意识来构建工艺世界。社会意识的缺失正是个体创作者共同的缺点。

将工艺仅局限于工艺美术，这不是创作者正确且重大的任务。将工艺当成一个人的个性化工作，这已然成为过往。创作者必须是社会的一员，只有作为社会一员才能体现一个人存在的价值。个人的立场必须与民众的立场相结合。若与民艺无任何交集，则作品的意义就不会深刻。创作者是自己的创作者，但更必须是民众的创作者。其必须是好的领导者、暗示者、统治者。比起在自己的作品中充分发挥自我，他们更应该在民众的作品中充分发挥自我。创作者自身并不是工艺的大成者，他们必须在民众中成就自己。大成者是团结一致的民众，而非孤身一人的自己。作品并非只有出自个人之手时才美，当其出自团结一致的民众之手时会更美。工艺不繁荣，民艺就无法合理地发展。诸如单纯的个人之作，不过是小工艺而已。工艺不能只局限于个人。总有一天，社会良知将不允许所有个体创作者停留在个性化创作的层面上，因为正确的工艺美常常展现出社会美的属性。过去人们都认为是审美意识孕育了工艺之美，而未来的工艺家则要在社会意识中孕育工艺之美。

第七章 个体创作者的使命

一

虽多次触此问题，但仍有诸多言而未尽之事，所以我想再次进行归纳整理。

到了近代，无论是哲学、宗教还是艺术都有成为个性化产物之势。对事物的看法亦总是以个人为中心，即所谓的天才主义、英雄崇拜。以艺术史为例，几乎书中记载的都是类似著名艺术家的列传之类的内容。人们甚至认为，非个人之作的历史意义微乎其微。若有一个无名款的优秀作品，评论家会去推断那是出自何人之手。即使无法进行推断，评论家亦会将其视为某位杰出之人的作品。

反过来说，普通民众作为平凡之人而被从历史上抹去了。受崇拜的往往是少数的个人，而非成群的大众。在这种个人主义的时代，像工艺这样与民众生活关系密切的事物，亦被当作个性化事物对待。应该说只有能称得上个性化的事物才会得到认可。所谓的艺术家，即个体创作者在历史上占据重要位置亦不无道理。反之工匠的工艺则被埋没了，几乎无任何存在感。

人们自然会称赞能够创作出伟大作品的天才，而且有这样伟大的作品可以说是全人类的喜悦，抑或说是个人的深度结晶了全人类的深度。尊重个性虽好，可一旦成为个性主义，则会产生各种谬误和弊端。首先就是随之而来的对缺乏个性的民众的轻蔑。对民众的这种漠不关心，阻碍了对民众的救赎，工匠的工作也因此逐渐减少。如此一来，人们就越发强烈地认为只有少数天才才可以创作出伟大的作品。在这世上，人们只信任有名款之物，甚至已经到了不看物而只慕名购买的地步。

这一结果，让我们如何理解个体创作者的使命呢？那就是以创作出让工匠们望尘莫及之作为傲。他们将个人的精力集中在个性化之作、思想性之作、感觉性之作、技巧性之作等多方面。究其原因是这些作品都是无学识的工匠们无论如何都无法企及的崇高领域。一言以蔽之，即个性主义将个体创作者与工匠区别开来。其结果就是个人工艺和民艺分离对立开来，所谓的"工艺美术"和"工艺"的差别一目了然。以美为目的之物与以实用为目的之物，有了上下之分。如此一来，以实用为宗旨的工匠工艺作为低贱之物，其历史意义变得微乎其微，而民众则无缘杰出工艺品的创作。最近民艺的衰落就是其结果。只有少数的天才能够从事真正的工艺创作工作，普通大众则失去了参与其中的机会，所以普通民众的审美意识极为低下。买方不具备好的选择力，制作方也无明确的目标。创作者们为了自己而进行创作，他们既没有与民众合作，也没有指导、保护民众。他们甚至嘲笑民众，远离民众，以此来感受自身工作的高尚。被抛弃的民众就这样丧失了正确的审美意识。民众如今没有美的目标，只有仅存的传统制品还比较美，那是因为其至今仍坚守着过去的目标，而最近的非传统制品则没有了这种目标，故而误入了歧途。现在制作出来的实用品鲜有好的东西。我想将工艺整体的衰落归咎于个体创作者与工匠的分离。过去没有这种分离，即使有也微乎其微。

二

优秀的个人从事伟大的工作，这一点无论是在过去、现在，抑或是将来都一成不变。然而历史发展跌宕起伏。只尊重个人的态度现在已然成为过往，反之大众开始有了新的认识。在惠特曼[1]的诗中所歌颂的"民众""团体""平常"等平凡的领域中，人们发现了新的含义。我们相信未来在工艺领域中，人们亦会重视新意义的挖掘。

---

[1] 惠特曼（1819—1892）：沃尔特·惠特曼，美国著名诗人，人文主义者。

当然无论民众的意义多重要，伟大天才的价值亦不会改变。然而人们对个体创作者的使命的看法，却应该发生巨大的转变。旧意义上的个体创作者的立场必然会消逝，也应该消逝。我认为必须在新的意义上重新反省这一使命。

过去个体创作者从他们独立创作的作品、别人难以企及的作品，即所谓的这种特殊性中感受到了自身的意义。反过来说，那些不是指导民众的作品，而是不允许民众接近的作品，其结果就是工艺的工作越发局限于狭窄激进的范围内。现在的创作者对民艺很冷淡，他们看上去就好像自己天生就与工匠的阶级不同一样。几乎没有创作者为了民艺的发展去准备作品。可以说他们从未想过自己会在民艺创作中体现其作为个体创作者的意义。但未来我们应该讨论的不是脱离大众的天才，而是支持大众的天才。总有一天，我们论及作品的高远时离不开民艺，且通过其与民艺的亲密接触程度，来论述作品的价值。换言之，我们当然必须考虑个体创作者作为既是工匠们的好领导者，又是好的协作者的立场。因为现如今仍固守个人主义会阻断民艺的发展，所以我想先把这一点讲清楚。

三

至少最近个体创作者的立场将会受到很大动摇。像过去那种与民众毫无交流的工艺将会声名狼藉，而作为民众协作者的创作者的立场将会受到重视。只有发生这种改变，工艺的整体水平才会提高。

创作者们现在的态度如何呢？他们以创作独一无二的作品为傲，因为他们由此能感受到个人的独创性。他们追求匠心独运、造型新奇、技巧精细、新手法的发现、新材料的挖掘等，专注于创作他人无法模仿的作品，所以他们以任何人都无法模仿、无法进行二次创作的作品为傲。他们认为由此会获得社会地位、经济保障，而且还会具有审美上的优越性。

然而这不过是一种狭隘且排他的想法而已。自古以来工艺家有很多秘密，所走之路也极具个性化。他们无论是在质上还是在量上都很与众不同，因为避开了与他人有交集的机会。比起让这个世界变好，他们更强烈倾向于让自己变好。然而真正有深度的个人应该是代表全人类的个人。将自己与人类隔离开来，反而不能充分发挥自我价值。在个体创作者曾走过的道路上，有很多必须指出的缺陷。

创作不容他人模仿的独一无二的作品是一种价值，但却不是唯一的价值，而且不能将其看作个人工艺的最高境界。难道就没有更广阔的道路了吗？令人不可思议的是，几乎没有个体创作者去反省这件事。况且我们几乎看不到去开辟新道路的创作者。他们过去的态度，有诸多值得怀疑之处。这种个人的想法会在多大程度上增加作品的深度？尤其是这种发展趋势在将来会为工艺界做出多大的贡献？

个体创作者就没有作为社会一员的责任吗？比起只让自己的作品美丽，个体创作者就没有应该为了提高工艺整体水平而准备自己作品的使命吗？他们的社会责任能使他们的工作仅停留在个人的内容上吗？

四

我可以这样想象，假设此处有无人能及的美丽作品，还有任何人都能创作出的美丽作品，我想我会更钟情于后者，究其原因是后者具有更深刻的社会意义，由此能够保证产生更多美的物品，于是任何人都可以制作美的物品，美的物品将从少数人的世界中解放出来。

假设实现美的道路有两条，分别是极难行之道和极易行之道。若此处出现了某位个体创作者能够为我们指出那条易行之道，则我认为他的社会意义巨大。因为大多数民众只能通过易行之道去实现美，难行之道并非他们能通过之道。仅有少数人能做的工作，作为工艺之道太狭窄了。

假设有两种美，分别是必须靠个人才能展现的美，以及只有通过协作才能展现的美，我认为后者会为社会带来更多的幸福。比起仅局限于某一个人，将工作扩展到整个社会才是人类的希望和意志。否则，人类整体的地位就会下降。当工作止步于个人时，社会不会变美，反而会更加丑陋。

假设要在一个盘子上作画，有他人无法画出的个性化的画，以及只要熟练任何人都能画出的画这两种。过去人们只赞美前者，然而我们应该更深入地去思考非个性的画作之美是如何与工艺性质相符合的。个性的癖好即使从美的角度来说亦非终点。不必问画作的出处，对工艺来说是一种幸福。

虽然过去个体创作者的工作都是由自己独立完成的，但今后他们会改变方向，变得能够与他人共享工作的喜悦。若创作者们能为我们展示出一条无论是谁都能够同样地创作出美的作品的道路，那岂非一项很惊人的工作？因为那是将自己与他人的工作联结在一起了。如此看来，排斥模仿的个人之路会向尊重合作的非个人之路转变。创作者的任务在于与工匠们合作。很多人都可以模仿的工作、想让他人追随的工作、想要共同前进的工作、容易模仿的工作、任何人都能从事的工作、大量产出的工作、由民众开拓的工作，只有这样的工作才极具价值。那时的创作者们不再孤独，亦无隔阂。他们是众多民众的榜样、指导者，亦是同人。

五

我认为比起只有自己能够创作出佳作的喜悦，与大家共同创作出佳作的喜悦的内涵更为丰富。自我救赎是最小的喜悦，而与他人一起得到救赎才应该是最大的喜悦。未来的个人作品的价值，将由其与民众的合作程度来决定。为民众树立一个可以模仿的榜样，正是个体创作者的新工作。

或许有人会指责民众能够创作的作品皆为平凡之物，还有人主张那样一来会降低工艺的水准。然而非凡之物、异常之物、稀有之物，未必就美。多数情况下那些物品偏好明显且极为矫揉造作，往往易与变态之物、极端之物、病态之物联系在一起。即使在好的情况下，那亦是一条充满艰险之路。而反之被称为平凡的物品却未必平凡。我们绝不能一看未受过教育的工匠创作出的作品，就立即说其平庸。自古以来的名器反而大部分都是出自平凡的工匠之手。若只有非凡之物才是美的，那么在民艺这种平凡的领域中是不可能有美的物品的，然而事实并非如此。雅致的器具，几乎可以说全都是在民艺品中被发现的。像"大名物"，就是源于平凡中的非凡。其若不是平凡的民艺品，亦不会成为具有非凡之美的物品了。

南泉禅师[1]曾说："平常心是道。"看上去另类之物反而陷于波澜葛藤[2]之境地，尚未达到平常之境界。平坦大道虽看似平凡却是根本之路。荆棘丛生的险路亦是一条道，但

---

[1] 南泉禅师（748—834）：俗姓王，郑州新郑人，本名南泉普愿，是禅宗南岳系怀让禅师的二世弟子。

[2] 葛藤：禅宗中难解的语句和公案，亦指问答功夫之意。

却非最佳之路，亦非最终之路。我个人极为赞扬大道之美。

为了工艺，我想发掘一条所有人都可以安全往来的大道。指明这种工艺大道在何处，正是未来个体创作者的大任。迷路的民众需要路标。创作者们固守自己一个人的阵地，是无法使工艺水平得以提高的，那不过是一种应该摒弃的态度而已。

我主张此事，是因为我认为民艺的繁盛对工艺来说是绝对必要的。即使个人工艺再兴盛，但只要民艺不兴盛，工艺的王国就无法到来。今天民艺之所以凋零，是因为创作者们的立场存在社会性谬误，创作者与工匠的分离是工艺的悲剧。创作者们自诩与工匠与众不同的时代即将成为过往，他们对自己创作出的独一无二之作的自负感亦很快就会消失。反之，将来他们的作品受关注的程度如何，取决于其对工匠们起到多大作用。他们肩负着作为指导者的使命，他们的使命不是在无人能创作出来的作品上煞费苦心，而是要指导大家创作众人皆能创作出的美的作品，因此他们的作品与民艺交织的深度成为评价的目标。

个性之道也是一条道，但超越个性之道能完成更大的工作。因为它不仅能救赎自己，亦能救赎他人，毋宁说是通过救赎他人，而最好地救赎了自己。个体创作者必须做出表率，民众则必须有可遵循的典范。个体创作者是先驱者，而民众是大成者。两者间若不进行交流和协调，"工艺时代"则不会到来。

在道德方面亦是如此。个体创作者必须做好准备去坦然接受自己的作品经常被人们模仿，而且作品还必须是他人能够模仿的，因为这种简单明了才是最伟大之处。其必须是天下万民应该遵循且能够遵循的典范，但这并不意味着个体创作者要降低自己的创作水准。他们是提高民众创作水准的力量，这一点只有个体创作者对自身进行深入挖掘才能够做到。反之，排斥他人只顾自己之路是一条害人害己之路，这一点我们必须清楚。

个体创作者的使命的最重要之处就在于这一新的意义。

第八章 作品的目标

此处我主要是以工艺领域为对象进行阐述。过去的个体创作者将作品的目标放在美上，因为他们的首要任务就是要创作出美的作品，所以这一目标并没有错，而且立志要创作美的作品也不可能是坏事。只有立志创作出美的作品，才会全身心地投入创作中去。

然而不可思议的是，从结果上来看，在以美为目的创作而成的作品中反而鲜有佳作，而以用途为主要目的制作而成的物品中美的物品却极多，此事我已多次做过阐述。这恰好与在信仰上，具有宗教意识的学者们往往不及虔诚的普通信徒是同样的道理。那么问题出现在哪里呢？为何以美为目标却反而远离了美呢？这其中一定潜藏着某种误导创作者们的原因。

以美为目标这件事本身并没有错。然而虽说都称为美，其内容却不同。创作者们是如何理解美的、他们认为什么是美、对美又能看得有多深呢？有的人看得深入，有的人看得浅显，有的人看得认真，有的人看得敷衍，有的人看得光明正大，有的人看得偷偷摸摸，总之各种各样。他们都在追求美，只是追求方式有所不同。创作者知道自己应该选择哪种方式并非易事，因此在追求方式的选择过程中会伴随着失败，特别容易犯错误。即使目标本身没错，但目标的内容却易产生错误。难道就没有能引领创作者走向更安全简单之道的目标吗？我们需要这样的目标，因为并非所有人都知道什么是最高境界的美，而且人类在这个错误的美的世界里，具有易被误导的弱点。

我们也可以说只要能展现美即可，但不能说什么样的美均可。即使表现技巧高超而且美得以很好地展现，但若这种美很肤浅，亦是不够的。与其说问题的关键在于美的表现技巧上，莫如说在于所表现的美的性质上。因为无论技巧多高超，展现出低级美的作品亦无法称为正确的作品。一看到创作者的作品，我们就会发现其要用技巧去覆盖美的痕迹，而且即使创作者技艺精湛，但绝大多数情况下，他们却将心思错用在了技巧上，而往往忽视了美。

美亦是多种多样的。美因人而异，任何事物都具有美。强大之美、弱小之美、悲伤之美、喜悦之美、有时还有憨直之美及笨拙之美。不同的事物具有不同的美。然而无论是什么性质的美都无妨吗？至少在工艺上是不可以的。我说的是"在工艺上"。因为工艺与人们的日常生活相交融，与普通生活的关系最为密切。若工艺之美扰乱人们的生活的话那就麻烦了。此处的扰乱指的是削弱、毒害、缩小、玷污、钝化生活、使生活变得奢靡、淫乱之意。而这些性质是存在于美当中的，故而一想到生活，我们就不能不对美也进行好坏区分。

最为理想的侍奉人类生活的物品，在美的基础上还要具备"诚实""正确"等诸如此类的性质。若对美进行深入解读，则其还应融合"良善"之质。人们常说美不应该被道德所牵制，但这是因为我们只是从低级层面来看道德的缘故，有时非道德之物亦会成为美的对象，而所谓的道德之物未必就美，有些情况下还会因为道德而不够美丽。但可以说深刻之美同时亦是正确之德，是正确这一性质加深了美。人们认为美和德相背离，是因为考虑不周。无法与德相交织的美，尚未完全成为真正的美。

如此想来，我们的作品莫如以"德"为目标，这样错误就会很少。太过忽视作品本应具备的"德"这一性质，反而会使作品变得丑陋。若物品在某种意义上表现出"德"，那我想说其绝不会变得丑陋。

此处我说的"德"为何物呢？它是指作品具有的"诚"，指的是"正确性"。诚实之物、正直之物、自然之物、纯正之物、安泰之物、平稳之物、朴素之物、健康之物、挺拔之物、遵循大道之物，我将这些性质归结为作品之德。对作品来说，若其所表现出的美具有这些性质，那才是最理想的状态，因为这些性质最不会扰乱人们的生活。

作品服务于生活，所以其应该守护、温暖、滋润生活。若非如此，则有悖于服务这一性质。若物品表现出的美，让使用者的内心变得焦躁、脆弱、肤浅、奢侈，则无论它有多美，亦无法称为正确的器物。

美伴随着各种诱惑。若是能够完全抵制住诱惑的可靠的创作者尚可，而大部分人却都易沉醉于其魅力之中，甚至有人认为只有在远离道德的领域中，才会有高层次之美。然而我们不能将工艺寄托于这种叛逆思想上，因为在更普通的道路上我们会发现更好的美。以美为目标创作出的作品，美的东西却反而很少，这说明那是一条何其艰难之路，因为它易伴随着困难和危险。创作者沉浸在美的诱惑中，所以导致其作品与美背道而驰。为了创造出正确之美，我们应该极为慎重地走更安泰之路。然而遗憾的是，任何人都难以抵挡美的诱惑，并非所有的创作者都能明智到无论美有多么大的诱惑，都不会沉醉于其中。其结果就是他们虽以美为目标，但绝大多数情况下却破坏了美。

正如前文所述，不是以美而是以用途为目的创作出的作品中，美的东西要多得多。这是为何呢？因为此处所说的用途是指对生活有帮助之意，故而可以说在符合生活的物品中，美的物品是最多的。原本工艺品就有实用品之意，所以脱离了用途，就失去了其存在的根本理由。没有唯美的工艺品，故而美必须与用途相结合。当美从用途中涌现出来时，工艺之美会越来越确切。若要忽视用途去创造美的话，则那种美会越来越飘忽不定。为何会产生如此结果呢？

想来是因为用途本身就会让作品遵守道德。所谓的用途就是为了有所助益。为了很好地完成这个任务，创作者必须精心地去准备，脚踏实地地去进行创作。若作品不具诚实之德，则其就不具有实用性。易毁坏、破裂、褪色的物品是与用途不相符的，用途不允许浪费和纤弱。对用途的忠诚，使作品变得可靠，而这种可靠才是保证美的力量。符合用途之物必然会变美。

因此与其单纯追求美，我们有必要思考什么样的美对工艺来说才是最合理的。若然我们必须思考何为正确之美。正确已然存在于道德的世界中。比起美，作品更应该以德为目标。关于此事我要做如下阐述。

我们应尽量创作一个作品，使之成为生活的"正确伴侣"，换言之，是成为"正确生活"的伴侣。我们看一个作品，若能由此联想到正确的生活，则其已然是美的。故而若该作品适合内心低俗的主人，则无趣至极。若该作品具有与正确生活相符的性质，则其已然是出色的。但若其扰乱人们生活，具有扰乱生活的性质，则其必然有丑陋之处。作品与人是一样的，能够让人立即想到正确生活的作品是完美的。一言以蔽之，即作品应该让生活变得正确。

假设有一个华丽之作。无论其被如何装饰，抑或是技巧有多高超，我都无法在此看到正确的美，究其原因是奢华的物品会扰乱人们的生活。创作者应该避开这样的作品。

假设有一个癫狂之作。无论其是依靠多么敏锐的感觉创作而成的，对其正确性我还是心存疑虑，因为其不是健康的常态，病态之物是无法成为合理的器具的。

假设有一个自诩能力之作。无论其有多强大，我也认为其只是次要之物，因为能力终究是排他性之物，这样的作品缺乏和谐之美。

假设有一个纤弱做作之作。无论其有多美，我也不认可其是真正的工艺，因为这种浅薄是无法使生活变得充实的。强与弱都是一种缺陷，这一点是不会改变的。

假设有一个技巧之作。无论其多么让人惊叹，也难以称得上是好的工艺，因为欺骗不是创作者应走之路，谎言终究会被揭穿。

假设有一个新奇之作。无论其多么吸引人眼球，我都不认为它会长久，因为异常之物是非自然之物，人们很快就会对它感到厌倦。

若有心想使作品变美，我们应该进行如下反省。这个作品是常态吗？它健康吗？自然吗？朴素吗？等等。因为只有这些性质才能够使作品变得更加丰盈美丽。若作品具有炫耀、费力、威胁、欺骗、浮躁、肤浅、奢华、做作、贪婪、呆板、狭隘、尖锐、敏感等这些性质，则绝不会成为好的作品。好的作品一直都是本然、简单、平常、无事之物。为何现在好的作品很少？那是因为创作者们硬要走一条容易犯错之路，而忘记了无难至道。

名器当中曾有过新奇之物吗？它们走的都是大道，一切都是朴素、自然、平常之物，没有比常态更符合美的性质的了。以用途为目的创作而成的作品中有很多美的东西，那是因为它们都是平常之作，是寻常品。

若创作者不以美而以健康为目标进行创作，则作品会变得何其美丽，因为健康才是最美的，没有比健康之美更永恒的美了。病态之物难以永存。如此想来只有道德才应该是作品的目标，因为在工艺上，道德是作品之美最可靠的保障。

美的问题即是道德的问题。

第九章 民艺与模仿

一

除了圣·奥古斯丁的《忏悔录》外，在基督教文学中最有名的书当属《效法基督》(Imitation of Christ)，据说其是生活在14、15世纪的修道僧托马斯·厄·肯培（Thomas a Kempis）之作。这部著作此前几乎被译成所有的语种，在日本已被译成三四个语种。不可思议的是，不仅是罗马的公教徒，就连新教徒也同样对之爱不释手。若有爱书之人全力收集此书的各种版本，他一定能建一个图书馆了。这是一本在五百年间被人类不断诵读的灵魂之书。

二

我在此引用此书作为例证的原因，不是要讲述其内容和历史，而是此书的不可思议的标题，特别是"模仿"（Imitation）一词。因为对近代人来说，没有比这一词更让人唾弃的了。为何中世纪的僧人会使用这一词呢？他在使用这一词时，赋予了其何种含义？当时这一词的真正含义是什么？这一词具有宗教意义，这一点自不必说，但我认为字义的内容对民艺的问题会产生诸多启示，因此我借用肯培的这一词，在此以"民艺与模仿"为题。我想随着我的进一步阐述，读者亦能够理解其主旨。

三

在我还是学生时，说实话我认为没有比这本书的题目更让人费解的了，我甚至认为这一题目极不合理。《效法基督》，模仿的生活、追随的一生，我苦于知道为何这样的生活会有意义。其意思就是"效仿耶稣"，而不能说是"成为像耶稣一样伟大的人物"。模仿难道不是对独创的否定吗？模仿的一生难道不是屈辱的一生吗？难道不是对个性的不合理的束缚吗？我亦是生于个人主义时代之人，不屑于模仿是理所当然的，我甚至认为这是中世纪时代的人们的一种不自然。

"民艺需要模仿"，我若这么说，想必读者不会认可这种观点，因为他们蔑视一切非独创性的事物。

四

想来"模仿"一词，成为具有强烈屈辱意义的词是近代的事。特别是在个人主义时代，该词开始具有不可饶恕的丑陋之义，究其原因是近代的英雄崇拜思想赞扬个人出色的独创性，没有比模仿更让人感到羞愧的了。我觉得颇为有趣的是，译者在将此书翻译成日语时，为了避免误解而将题目改成了"典范"，还有人为了缓和语言，将其重新译为"效仿基督"。总之"模仿"一词具有深刻含义的时代已然成为过往。人们都想要尽可能地避开这一词，而且鄙视无个人独创性之物。然而这种观点是否适用于所有的情况？又是否应该适用于所有情况呢？

五

肯培撰写这本书的时代还有当时的心境，与近代相差甚远。此处的模仿是遵守规范之义，是对法则的服从，是对正确事物的敬仰，是虔诚修行之意，是对深刻之物奉献自我之意，是所谓的摒弃罪孽深重的"我"及"我之物"，是坚信自己具有超越自我的巨大力量之义。究其原因是那时的人们一生都虔诚深信。

那时的时代是秩序的时代，是协同的时代，是所谓的宗教同胞的时代。不是仅极有少数人被救赎的时代，而是广大民众共同被救赎的时代。我们来看一下中世纪的工艺，那时并非仅有的特殊之物好，而是所有的物品都制作的非常美丽。这是为何呢？因为一切都遵守规范，都服从伟大传统。肯培将这种对正确事物的虔诚极深的顺从，用"模仿"一词表现出来。

六

话说"模仿"二字有屈辱之意，是在进入个人主义时代之后的事。若以个人为中心，则"模仿"就是不被允许的行为。人们仰慕英雄，而没有独创就没有英雄。模仿不是个人应走之路，因为只有独创才能够明确个人的存在。

现在不是民众共同被救赎的时代，而是只有少数卓越之人被救赎的时期。不站在个人立场则无法谋生。看一下近代的历史，与其说是民众的历史，不如说是少数被选中的英雄的历史。

工艺世界的趋势亦是如此，只有个体创作者的工艺会获得高度评价。没有英雄的民艺被长期忽视亦不无道理，因为在民艺领域，个人的特质被抹杀了。

七

若人类的思想应始终保持个人立场，我或许会极为仰慕独创的世界，因为个人立场当然应该拒绝模仿。若所有的工艺家都必须是个体工艺家，则作品无论如何都不可以是仿品。若只是模仿，则个人的意义就会很微弱。无个性的创作者是最悲惨的存在。不具独创性的创作者们，为了硬性求"新"，而陷入了奇特和变态的怪圈中，然而这种新奇和独创却并不是一回事。这世上除了少数的天才之外，大部分的个体创作者几乎都以悲剧谢幕，因为他们不是那少数被选中的英雄。个人之路只是少数人之路。

八

模仿以悲剧告终，是因为选择了个人之路。只有站在个人立场，模仿才会招致失败，而原本模仿这一概念就是基于个人立场而产生的，所以当失去这一立场时，我们也就远离了令人感到厌恶的模仿世界。

历史的方向由广大民众所控制。除少数天才外，我们不能忘记站在非个人立场的民众的存在。要求他们独创，与强求所有人站在天才的立场是一样的。诞生于民众之手的民艺，我们不应将对其的评价着眼于其独创性上，因为民众没有站在个人立场去创作作品，若然模仿亦不能成为指责他们作品的标准。民艺之路和个体创作者之路不能混为一谈。

肯培教诲普通信徒"模仿基督"。然而对没有站在个人立场的民众来说，他的教诲或许并不合适。

九

民众不会采取个人立场。或许从个人主义的观点来看，民众会被嘲讽为平庸之人，但正是这种非个人的立场才是民众的最大优点，因为它为我们展现了一个个人主义无法到达、亦不可能拥有的巨大领域。

没有大众就不会形成社会。虽然个体的存在很渺小，但若团结在一起就会变得很强大。团体需要秩序，而秩序的维持要求遵守法律。遵守要求顺从之德，这种顺从古人用"模仿"一词来表达。那是对伟大之物的皈依。肯培所说的"对基督的模仿"，是在告诫人们因为是基督所以要模仿。

个体创作者的作品开启了工艺之道，然而最终成就工艺的却是民艺，是不采取个人立场的民艺。民艺必须要以正确事物为榜样，其肩负着巨大的使命。

十

正如从前古人所言，民艺需要模仿，需要依靠的目标，需要路标，那不是屈辱。因为没有站在个人立场的民艺，并非进行单纯的令人厌恶的模仿行为。它是遵守规范的。此处的模仿不是仿造，当然亦不是剽窃。民艺中的模仿绝非从个人立场来说的模仿之意，读者必须很好地理解这一点。

模仿有屈辱之意，但这仅限于从个人立场来思考问题之时。当人们回归到非个人立场之时，模仿的意义则截然不同。那是包容之心，是坚定信念之心，是坦率顺从之心。人们甚至已经连模仿的意识都没有，而且亦不拘泥于此。此种情况下，模仿是皈依。若让我翻译肯培的著作，我会将其译成《皈依基督》。

十一

现在的人不认可顺从之德。然而若此"德"之真正含义不被人们所理解，则团结的社会就不会到来。若皈依正确之物的物品不聚集在一起，则神的王国就不会到来。若无对应效法之美的模仿，则美的王国就不会到来。我深刻地体会到，为了使这个世界成为美的世界，皈依正确之物的民艺是何其重要。

众多的批评家以缺乏独创性为由而看低民艺的价值，那是他们对民艺并非是个性化天才的产物感到不满，然而那些所有的观察都不过是个人主义的残留而已。

只有少数人被救赎这件事，背离了社会的理念。我们必须另外寻求一条能够实现共同救赎之路。而要实现济度众生，不能依靠独创的自豪感，而要依靠其他的力量。独创不过是个别人获得的特权而已，大众不能依靠它。值得庆幸的是，抵达目的地的道路有两条：一条是个性之道，另一条是非个性之道，而后者即为民艺的世界。

十二

民艺与传统紧密结合在一起。很多人认为传统意味着不自由，故而这一词语也常常成为近代人们厌弃的对象。然而将传统解释为不自由，这不过是出自个人立场的批评罢了。即使传统是对个人的束缚，也不是对民众的直接束缚。传统在非个人领域中起到不可思议的作用。对于依靠自身力量无法站立，或是难以站立之人来说，只有传统才是解放，是救赎。传统是一种规范，民众通过遵守它，能够推动自己达到某种高度。天才可以用自己的力量救赎自己，但救赎民众的却不是他们自己，只有放弃自我才能使他们成就伟大的事业。对规范的顺从皈依，将他们从不自由中解救出来。从个性中解放出来，反而使他们能够获得自由。民艺的自由源于传统。传统或许缺乏独创，但我们却能看到其发展前景无限。传统永无止境，不断向前。

十三

传统的萎缩和个人主义的侵害导致了近来民艺的堕落

和衰退，这种偏颇的、缺失建设性的破坏活动却被视为一种进步。在大众的美意识如此低下的今天，民艺则更需要遵守规范。个人主义在此百无一用，因为民艺不是个性的产物。若主张自我，则那已然不是民艺的立场。民艺是普通大众活动的世界。那不是一个人出类拔萃，而是众多人齐心协力的世界。他们的任务不在于创作出稀有珍品，而是要创造出大量的佳作。少数天才无法从事的领域就是民艺的领域。独创不是目的，应该将创作一个新的作品这种工作交给个人。保护并弘扬众多正确之物才是民艺的工作，否则工艺文化不会进步，美的社会化亦无法实现。当工艺仅属于个体创作者时，意味着工艺与社会是绝缘的。只有肩负社会意义的工艺才是民艺。民艺之美是社会美。

十四

若只有基督，这个世界是不会正确的。若只有佛陀，这个世界是不会深刻的。模仿他们、效法他们的普通信徒，创造了宗教社会。是民艺将美与社会联系在一起。工匠是工艺界的普通信徒，继承、守护、传承、弘扬正确之物是其工作。模仿在民艺中是公明的。若无对伟大之物的模仿则无民艺。模仿是对正确事物的继承、传承、守护。它不是为了修饰自己，亦非为了欺骗他人。它与个人的无操守和欺瞒截然不同，而是一种对超越自我的坦然接受。民艺中无妄念，众人皆无欲无求地活着。在民艺中，有从个人罪恶中解放出来的非个性化之美，那是众人共同生活之美。模仿正确之物的心才可以孕育民艺。为何古人对信徒说"模仿基督"呢？其奥秘不就解开了吗？

十五

人非圣贤孰能无过。故而在个人的工作中，错误之物屡见不鲜。然而在民艺中，我们看不到罪孽深重之作，因为民艺没有自我，相信并接受其他事物。当遵循正确、伟大之物时则无错误。坦然的接受会净化作品。民艺中有自然之美，没有彷徨，没有拘束，有的是自由。令人不可思议的是，在民艺中模仿却反而成为创造之源。

第十章 工艺中的自力道与他力道

一

禅宗和真宗是佛教界的两大宗派。应该说人间的所有道路都像这样被分成两大类，而本应抵达的目的地却只有一个。或者我们可以将此比作事物的表和里。我之前读女僧三轮贞信的故事，惊叹于她直到完全仰仗佛力所舍身经历的浴血修行，她为了实现他力往生，经历了不为人知的自力奋斗。而同样若读禅僧语录，我们会发现全都是立志于无我无念的灵魂的历史。可以说放下自我的瞬间，就已然是他力的境界了。归根结底，这两大宗派是一体的，而非独立分开的，这样想是较为妥当的。即使攀登之路各分东西，最终亦会在山顶上会合。

二

人们以此性质为标准,根据自身境遇,将命运托付于自他二道中的一条。诗人柯勒律治[1]曾经说:"一个人要么是柏拉图主义者,要么是亚里士多德主义者。"无论是走自力之道还是执念于他力之道,人必然要从中选择一条(可以说两条道路都不选之人是无法前进的)。任何时候人们都会从这两条路中选择一条前进,但只有选择方法高明、坚定之人,才能够顺利抵达目的地,其他人则会半途而废。

自力道被称作难行道,而他力道则被称作易行道。自己划船是难行的,而借助风力扬帆起航是易行的。一条是完全自力更生之路,而另一条是完全依靠他力之路。

三

自力门是生命的胜负,若失败自己就会倒下。金刚般的意志是最有用的,若无力量则无法在这条路上前进,自力者要斗争不止。然而在他力门中,人们却没有应该斗争的对象,一切都依靠他力,胜负都不得而知,而正是在这种不知情的情况下依靠的道路才是他力道。人们不是因为

---

[1] 柯勒律治(1772—1834):英国浪漫主义诗人、文艺评论家。

有力量而在这条道路上前进，正是因为没有力量才选择的他力道。与其说那是意志之道，不如说是情操之道。比起斗争之心，仰慕追随之情更能将其推向高处。

一条是相信自己伟大之路，另一条是感到自己渺小之路。一条是天才选择的道路，另一条是普通人走的道路。虽然强大是一种力量，但若能彻悟自身的弱小，亦是一种新的力量。可以说人生在世，历经种种，皆是如此。而在工艺上亦是如此。

四

人们广义上称为工艺，但工艺也分为自力和他力两大门，只有这样解释才能够使种种性质得以明朗。个体创作者的道路自不必说是自力门，因为是依靠自己的力量来开拓道路的，而与之相对的民艺之路很明显是他力门，因为民艺遵循的是传承之道。对工艺的判断要区别出其遵循的是创作者之道还是工匠之道，若对此事判断不明，则会导致对作品评判标准的模糊不清。

假设此处有一个出自青木木米之手的青花瓷器，和一个中国民间的青花瓷器。人们将这两者都同样地理解为青花瓷，但应该对这两者明确加以区分。一个是自力门之作，是仅通过青木个人的力量创作而成的瓷器。那是意识之作，是着眼于美而创作出来的作品。而中国的民间瓷器是他力门之作，是无名工匠创作的传统器具。一个是有名款之作，一个是无名款之作。两者无论何其相似，其作风、意图、境遇亦不相同。

所有的工艺之道，就像人生之路一样，被分为自力和他力两条路。

五

而工艺中这两大门的分裂，是经过两个阶段才发展至此的。第一阶段是贵族工艺和民众工艺的分离，作品有了上下高低之分。过去这种差异很少，因为那时的手法尚且单一，所以精细和粗糙的区别并不明显。但随着时代的发展，作品变得精致仔细，产生了创意，出现了人工雕琢的痕迹，创作者的自力发挥了作用。由于事态进一步发展，个人作品与传统作品出现了分裂，某些作品最终以个人之名表现出来。在此个人力量是创造作品的主要基础，于是工艺进入了纯粹的自力门。那是个人之道。那些作品成为有名款的作品。

而与之相反，他力的工艺依然尚存。其主要是实用工艺，是民众性工艺，是无名品，是数量众多的廉价品。创作者对其美丑并不关心。他们制作那些物品的初衷只是为了辅助人们的生活，是按照传承下来的法则来进行制作的。其创作基础不是个人而是传统。那是他力之道，是易行之道。工艺由自力和他力这两条道所构成。

六

我们来看一下当今的工艺界，自力门正处于全盛时期。在个人工艺面前，工匠的他力工艺显得无足轻重。创作者喜欢以己之名进行创作，欣赏者关注的也是作品的署名。于是买者尊崇有名款之作，卖者也根据名款制定高价。现在名款甚至已然成为美的一个标准。

只要是杰出的个人之作，就没有错误。然而自力门是难行道，有多少人能够忍受那种艰难呢？说禅之人很多，但能够达到禅的境界之人却很少。这世上有不计其数的野狐禅[1]，这说明自力道是何其艰难的一条路，而且也告诉我们那里潜藏着诸多危险。行百里者半九十，很多人都在途中迷失了方向。

人们极为尊崇有名款之作，但这一标准是很危险的。若有名款则人们应小心为妙，因为在难行之道上能够一直走到终点之人真是少之又少。有名款的作品大部分都是拙劣之作。自力门不过是仅有的少数被选中之人才能走的道路而已。

---

[1] 野狐禅：禅宗对一些妄称开悟而流入邪僻者的讽刺语。用以比喻似是而非之禅。

七

自力道是天才之道。我们不能期待所有人都能够具有金刚般的意志和明镜般的睿智，因为一个时代的天才或许就一两个人，或有或没有，这是统计告诉我们的残酷真理。诸如有名款则欣喜，无名款则不反省的做法不过是迷误而已。真正的自力之作是不可能如此多产的。名款亦绝不会成为是否为禅的标准。工艺在名款方面既是最深刻的亦是最肤浅的。对于肤浅之物是如何大量地充斥在工艺品中这件事，我们应了然于心。名款不会直接成为工艺之美的典据。

这世上有的收藏家很奇怪，他们只热衷于收集有名款之作。但我可以很确定地说，那些收藏品百分之九十都是拙劣之作，因为真正能够在自力门中存活的作品都是稀世珍宝。禅非易行之道，这是人尽皆知的事实。日本的茶器中鲜有佳作也不无道理，因为有名款的作品太多了。

八

为何自力之道难？那是因为人类的所作所为谬误太多，因为个人的能力是有限的。恃才傲物之人易沉醉于自我。当人强烈炫耀自我之时，大体是脆弱的。坚信光明的人类智慧，大体是愚蠢的。而人只有在悟到自己愚蠢之时，才是最明智之时。

　　自立者易失败。他们在署名这件事上有诸多困惑，心中常常愁云密布。理智易招致麻烦。机巧常常是一种造作，而造作的危险概率是最高的。在创作过程中，他们要自己进行适当处理，故而有名款的作品容易扼杀了天然材料。而又因其不愿意接纳传承之物，故而手法亦有诸多不合理之处。若不具有足够的睿智，是无法克服这些难关的。能够坚持走难行的自力之道的人很少。

　　禅说要放下自我，活出自我，超脱自我，但这难于上青天。大多数人都止步于自我，渺小的自我创作出丑陋之作。自力之作中美的东西极少，因为其走的是难行之道。

九

　　然而幸运的是，工艺中还存在着他力这扇门。普通人亦可通往美的道路已经铺好。为何世上有为数众多的美的作品？因为与难行之道不同，易行之道是上天赐予的。若只有少数天才能走的自力道是唯一之路，则美的作品一定寥若晨星。然而天理不可思议地发挥着作用，它并没有只赐予天才杰出之作，而是亦赐予被轻视的平庸民众一条让人惊叹的易行之道。

　　那里是民众的世界，是普通人的领域。在那条易行之道上任何人都无法靠自力前进，这是地位低下的工匠们的宿命。他们学识浅薄，也无法辨别何为美，但他们虚心，故而做好了接纳的准备。只有遵从规范才能立身。他们没有机会坚持自我主张，他们的一生亦可说是舍弃自我的一生，但只有舍弃自我之时才是自我内心被充实之时。他们在不知不觉中创作了美的作品，在他力宗门中获得了救赎。更准确地说，工匠们之所以能创作出好的作品，并非因为他们自身有能力，而是因为他们自身没有能力。工艺在他力之道上收获了无数美的作品，因为那里是众多工匠们的世界，是产出大量器物的世界。自力之道是少数之道，而他力之道是多数之道。

十

为何他力之道容易呢？为何那里美的作品反而多呢？因为使作品产生的力量是超越自我的他力，而非自力。不是自己的作为左右器物，而是自然保佑了它。谦逊之人接受了来自大自然的爱，作品由此应运而生。他们不屑于追名逐利，故而邪念难以进入其中。他们走的是简单明了之道，故而那里诱惑很少。而由于不需凡事都要自己下功夫，故而在那里亦很难犯错误。若有错误，那也是因为没有完全依靠他力而导致的失败。与其将创作者称为工匠，将帮助他们的自然叫作工匠才是最恰当的。

他们创作的是器具。器具是质朴的，花哨之物易陷入的诱惑不会靠近它们，所以自身能够保持健康之姿。器具因为质朴故而会与素雅相结合。作为器具的井户茶碗，其素雅是必然的。因为素雅故而美丽，这是理所当然的。它们是单纯的，但却没有比这种单纯更复杂的事物了，这是我们在民艺中学到的一个哲理。

无名款的作品中有很多被救赎之作。因为它们走的是易行之道，故而抵达目的地的很多。无名款的作品是安全的，即使其中有粗陋愚钝之物，但却绝没有罪恶深重之物，因为那不是个人的行为。可以说他力之作是赎罪之作，因为它们远离了丑陋破败的世界。所以我要说，无名才是美的更安全的标准。无名款作品中拙劣之作变多不过是近代之事，这件事使得原本应该美的物品，成为利欲熏心的企业家们的牺牲品。

十一

自力与他力是工艺的两大门。完全只走自力之道的，只是少数被选中之人，任何人都无法保证能够顺利通过这条至难之路。然而他力门已为众多的工匠准备好了，他们曾通过这条易行之道创造出了无数让人惊叹的作品。

然而令人不可思议的是，现在立志走自力之道的人甚多，易行的他力门却日益衰败。对传统的反抗，鼓舞着个体创作者，但却搅乱了民众，因为工匠们不是具有独创性的创作者。时代的发展趋势现在仍在继续破坏他力门。最近的器具明显变得丑陋，这是因为工匠们失去了可依靠的基础。就像他们过去无意识地创作出美的作品一样，现在又不知不觉地创作出丑陋之物。但错不在工匠们，而是因为救赎他们的他力门衰退了。这种凋落，亦可说是工艺本身的凋落，因此大部分的工艺都变得丑陋。

有力量之人，作为创作者在自力之道上前进，而无力量之人则必须要依靠他力，如若不然则无法实现救赎。现在工艺最需要的是与民众对话的他力僧。建立全新的他力门，才是未来最重要的工作。然而在自力门盛行的现代，人们却过于忽视了这种必要性。我们不能将工艺只托付给少数的天才。若他力门与自力门不能共同繁荣，则工艺就不会兴盛。

第十一章 他力门与美

在编辑法然上人[1]的尊像之际,我再次思考了他力门,思考了其宗旨与美的问题的关系。我虽然多次提及此问题,但我想再精炼一下自己的想法。

不可思议的是,从未有人编纂过美的圣典。若有美的《论语》该多好,若有美的《约翰传》该多么有益,若有美的《维摩经》该多难能可贵,我常常会这么想。在善、真、圣的世界中,明明有那么多优秀的经典,但为何关于美却没有任何可以成为典据之物的呢?关于美的神圣文字出奇的少。

而在探寻美的神秘时,环顾四周,我发现了一个不折不扣的事实,那就是算不上美的经文因为是圣人们留下来的,所以就是最美的经文,那是善、圣、美三者的结合。表现方法虽不同,但走的道路是同一条,因此关于神圣的

---

[1] 法然上人:日本净土宗祖,讳源空,法然是其房号。

深刻语言也适用于美。我们无论用什么样的语言来解说美，都无法超越用圣典中的语言来阐述其真意，那里潜藏着关于美的无数金言。

虽是法然上人之言，但我不认为所有都只适合净土宗这一门，直接将其看作是对美的教义也没错。即使是涉及与之毫不相干的工艺领域，我亦越发感受到这些教义的作用。我奉劝美学家们，不要对自己的学识过度自信，为了更深入地追求真理，要非常虔诚地翻阅各种教典。

通往美的道路有多条，这恰好与富士山的登山口有好几个是一样的。为了在山顶会合，登山者们可以根据自身情况选择不同的登山口。所以对有些人来说适合他力的教义，而对有些人来说则适合自力的教义。有些人认为显宗好，而有些人则对密宗亲近。圣人为了各种形式的美而准备了各种各样的教典。人们从中选择中意的一个，将其尊奉为自己的导师。在接触美的问题，尤其是工艺问题时，我不能不被他力这扇门所吸引。法然上人和亲鸾上人的遗训现在看上去更加光芒万丈。

但我们也可以这么想，通往美的道路终究是技艺之道，既然是技艺之道，则必须要磨砺本领、竭尽全力，若懈怠则无法抵达终点。若然则通往美的道路不就是自力门了吗？自诩为艺术家的人们，必须要进入这扇门，这是天命。在此技艺之道和禅宗之道没有区别。人们每天都要思考难懂的公案[1]，对此无法做出回答之人则无法领悟技艺之精髓。这是一条难行之道，但既然披上意识的法衣，就必须成为这一法门的行者。

然而我们能让立志于技艺之道的所有人都走这条道路吗？果真所有人都能够忍受这种艰难吗？若是清教徒[2]，或许会急于让这世上所有人都成为善人，但其早晚会意识到这是一个不合理的愿望，因为不是所有人都同样会被赐予成为善人的力量，命中注定无法成为善人者不计其数，不过仅有几个勤于自力门之人才能成为道德家，剩下的大多数人则不具有这种力量。同样我们亦无法使所有人都成为独觉的艺术家，因为有些人宿命里就不具有那样的资格。只有自力这一扇门是无法实现救赎的，无论如何都要有他力这条易行之路，才能使无力之人亦得到救赎。美的王国也应该提倡净土的法门。

让无学识的工匠们理解美是不合理的，而幸运的是，知识之路并非通往美的唯一途径。若从无学识这一宿命中能找到一条路，那岂不是极好？法然上人的难能可贵之处在于他告诉了我们这一福音。即使没有智慧，即使自己很渺小，但若能依靠伟大之物，就能获得帮助，实现救赎。这难道不是如梦一般的音讯吗？这绝非谎言。我们都清楚

---

[1] 公案：禅宗为促进修行者开悟而给出的研究课题。

[2] 清教徒：16世纪后半叶企图使英国国教会的宗教改革更为彻底的国教会内的一个派别，及组成该流派的新教徒各派总称。

地知道，无数美的物品都是由一文不名的人们创作出来的。我们不能否认，这个世上最美的名器，几乎所有都出自无学识的工匠之手。亲鸾上人所言"若善人皆能往生，更何况恶人？"丝毫没有夸张之意。美的世界应该格外提倡他力的功德。

人们越从事与美相关的工作，越想好好领会这一教义。仅有的自力行者即使创作出了出色的作品，世界亦没有被美所救赎。无论如何工匠们都必须要做好准备，在自身不具有智慧、才能、财力的状态下，仍能制作出好的物品。而且人们必须要充分提倡和相信"在本然状态下被救赎"这一教义。回过头来看，我们会发现无数的事实确认了这一真理。无论何人如何做何物，万物皆美绝非梦话。工匠们只有坚信这一真理，作品才不会出错。我们不能轻视无学识的工匠们，因为只有他们才能创造出让人惊叹的美的世界。现在工匠们几乎一事无成的原因，是我们轻视他们，破坏了为他们准备的救赎之路，没有人真正去思考有关他力的法门。若法然上人存在于当今的审美世界中，则世界将会多么美丽。他与最贫穷、最无学识之人展开了对话。

读者可曾与我有过同样的经历？上街发现店门前摆放着无数的商品，然而无论哪一个都不过是影射末世的丑陋罢了。这种情况该如何是好？在那些物品中不要说一成，恐怕连半成正确的物品我们也无法挑拣出来。该责备谁呢？我甚至想有一种避之不及之感。然而无论是创作者还是使用者，都无罪过。公众不知道美为何物，这一点无论是过去还是现在都没有改变。但过去就能创作出好的物品，而现在却只能创作出无数丑陋错误的物品。这该如何是好？

难道就没有希望了吗？正因为我们希望他们能创作出美的物品才会出现绝望。他们不知不觉地创作出了丑陋的物品，则同样我们亦可说，他们也有机会在不知不觉中能创作出美的物品。实际这世上最美的种种物品，绝非是人们有意识地创作出来的。它们与依靠自力创作而成的作品截然不同，它们自身没有力量，但依然可以借助他力而得到救赎。完全没有自力的资格亦可，或者说正因为没有这种资格才好借助他力，这是一个含有真理的悖论，他力门会深入阐明此事。若一切都能够依靠他力，则物品或许立刻就会焕发生机。作品以丑陋之态日渐衰落，是因为他力衰败的缘故。

在美的道路中，除了自力之道外，我们无论如何都必须建设他力之道。通过使人们变得伟大来济世，尚不是完善的教义。我们必须大力提倡的是人们在保持平凡的状态下来济世这一教义。只要知晓了这一秘密，这个世界就会变得非常光明。凝视无数聚集成群的丑陋之物，我在心里默念道："暂且保持这样就好。不必苦于想使一切都变美。因为仅凭一己之力无论如何都会变丑的宿命无法改变，所以我们还是考虑在保持本然状态下的被救赎之路吧。以三部经[1]为首，净土门众多的僧侣告诉了我们这一真理。过去的优秀器物，正如教义所阐述的那样，是在平凡之态下获得救赎而呈现的美丽之姿。若过去如此，那今后的路或许亦不会改变。即使是在现在创作出的物品中，美的东西也几乎都是在他力之道上获得救赎的。它们不是因为有资格而得到救赎，而是在没有资格的状态下得到救赎的。通过想变得伟大、以伟大姿态示人而实现救赎之物几乎没有。我们应该知道，被救赎之物的身上都具有极为谦逊的特质。很多的圣人尊崇信仰之道是有深刻原因的。因为谦逊和信仰是同心同理的。"

前些天我路过冲绳时，遇上了很多难以忘怀的场景。在那片土地上，人们会用棉花、丝绸、麻布、芭蕉等来编织碎纹织布，在用传统手法制作而成的织布中，无一是丑陋的（若有丑陋之物，也仅限于最近的新花纹以及尝试用机械制成的自诩进步之物）。然而编织者们对美并无任何意识，这恰好与内地[2]的工匠们对丑毫无意识是一样的。但令人不可思议的是，为何一方只制作出美的物品，而另一方却总是制作出丑的物品呢？其关键就在于是否走他力之道。冲绳的人们坚定地依靠传统，依靠自然。无论是手法、材料、染色还是花纹，都很好地保留了传统。他们依托大

---

[1] 三部经：净土三部经，为无量寿经二卷、观无量寿经一卷、阿弥陀经一卷。为净土宗所正依之三部要典。

[2] 内地：北海道、冲绳等地的人对本州等地的称呼。

自然给予之物以及祖先的传承之物，并保留传统习俗踏实认真地工作。在这件事上所有人都是一样的，因此没必要问制作者是谁。没有人谈论自己，可以说每个人都是虔诚的信徒，每个编织品上都寄托着他们的信仰。所有的作品都受他力的恩惠获得了救赎，没有错误、危险之处。但假若他们对这些恩惠弃之不顾，凭一己之力去追求新鲜事物，或许立即就会误入歧途，因为他们不具有靠自己站立的能力和条件。因为他们不夸耀自我，故而可以完成超越自我的工作。冲绳的碎纹织布是在被救赎的过程中制作而成的，这些织品都美的千姿百态是理所当然的。在那些编织物中不会发现罪恶，我们可以赞扬那是被神灵称许的工作。他们是在他力的引导下一路至此。最近内地的作品中显有佳作，那是因为错误且渺小的自力盛行所致。人们无法在与救赎无缘的境界中使美繁盛。

在审美的世界中也必须要建立起他力的法门。

第十二章 贫与美

我一边欣赏"食碗家"之类的青花小作，一边思考贫与美的关系。想来我为何会对这种粗陋的青花瓷感兴趣，总是靠近它与之展开对话。并非因为它是特别之作，只是因为无论何时看到它都会觉得很亲切。若世人对其不认可，我总想为其辩护。若在天国为物品设定不同的位置，则这类物品反而一定是占据靠近神座之位的。这让我想起了耶稣的话："心灵贫乏之人有福了，因为天国是他们的"。看到"食碗家"这类作品，我常常会觉得耶稣所言非虚。这类作品在这个世上虽是极为平凡的粗糙之物，但人间与天国的地位设定是截然不同的。每当看到这类作品，我确信它们一定会得到救赎，但若认为这类作品原本就是在被救赎的基础上创作而成的，还为时尚早。关于这种不可思议，我想进行些许思考。为何这样的作品美？为何会变美？什么使它变美？我们可以由此得到诸多真理。

第一是材料的贫乏。不可思议的是，美却从那里涌现出来。因为在当时（抑或是现在）只能使用不被重视的材料，所以美才得以保存下来。

读者或许会认为我的回答不合理，抑或认为我说的是悖论。可若在当时使用那种上等的纯白（现在是精制）的瓷土，"食碗家"的情趣绝不会体现出来。那美丽润泽的成色，多亏了使用的是极为普通的瓷土。人们将其称为极粗糙的材质，但从自然的角度来看却是最朴素的必不可少的材料，故而那实际上是极好的材质，排在第二等、第三等的材质在骨力和润泽度上远具优势。材质不好，为何还能展示出如此美丽之姿呢？人眼和神眼在这种情况下必然是不同的，人们只将其看作普通的低等品，但在那贫乏的材料中却闪动着更多自然的灵性。若材料没有所谓的贫乏，或许亦就不富于这种美了。

还有所使用的天然吴须不亦是如此吗？一看颜色就精美绝伦，沉稳、雅致且极亲切。为何会有这样的美呢？是因为使用了极为廉价的天然吴须。这种杂器若使用上好材料并不划算。所谓的廉价品由于掺杂较多的杂质，故而成色不好。然而所谓的杂质是站在人类立场发出的感慨，我们却亦可以说各种成分混杂在一起的状态反而能够展现最自然、最应当的特质，而只有纯粹的人造吴须才反而是不自然的例外，所以所谓的不纯的廉价天然吴须反而美的更有深度，其真实地展现出复杂、神秘的自然特性。

"食碗家"这类的青花瓷，绝无肤浅的颜色。而若使用的是精制的人造吴须，颜色可能就会失去了那种深沉。最近化学合成的钴蓝沦为俗色，就是因为其缺乏自然的深度。从人类的角度来看，那或许是发达的纯粹之物，但从自然的角度来看，反而是幼稚单一的不合理之物。其实比起最近的钴蓝，廉价的天然吴须包含更深奥的化学成分，故而美丽。劣质的天然吴须在此却发挥了不可思议的作用。当然，被称作劣质是一种肤浅的评价。贫乏的"食碗家"在这种悖论上静静地休憩着。

这类作品令人惊叹之处在于其纹样种类繁多。被废弃在窑迹中的碎片让我产生了极为强烈的收集愿望，让我想到过去的工匠们具有多么丰富的想象力。让我们更细致地去了解他们。那让人惊叹的众多纹样，并非出自个人之手，而是众人齐心协力完成的工作。一个工匠，甚至有时候一个瓷窑可能也只能产出五六种，最多不过十数种的纹样。他们不是闪耀着天才光芒的美术家们，那些工作有的是灯笼店的手艺人利用业余时间完成的，有的是目不识丁的老奶奶完成的，还有的是交给小孩子来完成的。那简约的图案，以青花的形式表现出来。那些图案的美丽或许源于题材的稀少，正因为这种稀少才能够让作者充分自由地画好它。若尽皆呈现，那恐怕只能画出极为拙劣之作。对他们来说幸运的是自己只具有微弱的力量，所以能够画的极为美丽，他们的无能催生出了令人惊叹的技能。他们并没有硬要去画很多图案，只求尽其所学则足矣，而正是这种无欲保证了画之美。我并非是说他们画的所有图案都很出色，但确实无一罪恶深重，这与最近的创作者截然不同。杂器中所能看到的青花之美，毋宁说反而是源于对创作者贫乏绘画技能的活用。我们多次看到的出色名画，都是出自对真正的画作一无所知的人之手。还有比此事更不可思议的真理吗？无名的工匠们，莫要担心。一条安全之路已为你们准备好，我是从你们的作品中学到这一真理的。

那些图案为何美？应该说是因为没有足够的闲暇时间。没有空所以不能作画这种辩白在这一领域毫无意义，若工匠们有足够的时间，他们是不会亦无法画出那样的图案的。那种美是繁忙的生活的馈赠。若他们的工作可以慢慢做，或仅在一时兴起时做，则"食碗家"的情趣是无法体现出来的。对那些知名画家来说必要的兴致和兴奋，工匠们想拥有亦无能为力，毋宁说若有则他们的工作难以为继。正是繁忙而单调的工作才造就了那些作品。在订单的催促下汗流浃背地工作，保证了这种青花的美丽。若无劳动，这种美亦无法存在。若世人每天都游手好闲度日，则无数美的事物就会从这世上消失殆尽。我们必须要知道美与劳动是密不可分的，并非所有形式的劳动都会产生美，但有相当多的美只源自日常生活中的劳动。美是空闲的产物，这是偏颇之见。至少在工艺领域，劳动的意义重大且深远。

这一事实也可以这么说，"食碗家"等器具的美源于其是廉价品，若非廉价品，则美难以体现。提起廉价品人们立即就会联想到劣质品，这不过是一种单纯的观念判断。物品廉价我们不能直接就说其丑陋。但不幸的是，廉价与丑陋这两者最近常被混为一谈。然而我们不能用现在的标准来对社会情况不同的过去加以揣测。我们不要忘记，只有廉价品这一境况才能保证美的存在。也许会有人对在美的领域讲述诸如"平民使用的杂器"表示蔑视，然而若是有眼力之人，则那种态度是不可取的。

让我们再来看一幅画，它毫无丑陋之处。我们即使想要画得如此自由生动亦无法立即实现，它甚至到处都洋溢着雅趣。我们可以称之为南画[1]小作。若真正的茶人在此，想必也会对此垂涎三尺。为何会成为如此美丽之物呢？我们可以肯定地回答因其是廉价品。首先若不是廉价品，则失去了用这种绘画方法作画的机会。因为是廉价品故而美这件事，无论是从社会角度还是经济角度来看，都体现了其重要意义。慎重起见我再进行一下补充说明，我并非是说所有的廉价品都好，或是非廉价品就不好，而是希望人们理解在这个世上有非廉价品无法产生的美，希望人们能看清这种美的非比寻常之处。我们应该领悟到，认为廉价与美背道而驰的观点是完全错误的概念。而且因为是廉价品故而美这件事若是事实，未来我想努力使这一事实越来越发展壮大。究其原因是因为若能产生因为是廉价品故而

---

[1] 南画：日本国绘画因受中国"南北宗论"影响而称"文人画"为"南画"，并形成宗派。

美这一全新的观念，则没有比这更值得庆贺的了。想要廉价地制作美的东西是很难的，但若能从廉价中发现变美之路，则美的世界会越来越广阔。

另一方面，我们接近了一个宝贵真理，即绝不能说所有的高价品都好。不仅如此，奢华之物往往皆易患病。与在野外培育的花相比，温室的花更易招虫子，这一事实让我们放心，若非高价品则非健康之物，那我们会感到何其不安。然而神没有让这个世界如此，廉价品反而被寄予厚望。还有比这更值得感谢之事吗？若我们能接受此事的话，则工艺的现状或许就会改辙易途。

不仅如此，这些粗糙的青花瓷之美，源于快速大量的制作。这世上的物品只有被大量制作出来，才会越来越好。或许也有应该仅少量制作的物品，然而像必须要大量制作的物品，若能通过大量制作变得越来越美，则我会更倾向于后者。比起稀有之物，寻常之物变美才是更值得祝福之事。庆幸的是，"食碗家"告诉了我们这件事是可能的。若美的东西只能少量制作、只有少量制作的物品才美，则可以说这个世界是一个让人憎恶的世界。然而神的法则更让人难以捉摸，它也赠予了必须大量反复制作的物品以美，进一步说是赠予了只有那样的物品才能具有的美，赠予了只有在那种情况下才能赢得的宝贵之美。"食碗家"的美是其通过大量制作而获得的特权。若仅凭技巧和创意，即使进行模仿也无法接近美。那平凡的"食碗家"就是在极好的情况下变美的。大量、反复、廉价、迅速，我们不能无缘无故痛恨这些特性。

　　若仅从外观来看，具有这些特性的粗糙之物或许给人以一种可怜之态，而这些特性却会成为赋予我们精彩鲜活之美的养料。这些特性最终遭人痛恨，是人类的疏忽，或者说是社会的缺陷造成的，但那绝不是神的意图。比起少量产出的物品，我们更想让大量产出的物品变美。此时若没有从大量生产中产生美，则永远只能是徒劳而终。然而幸运的是，不是大量制作美的物品，而是因大量制作而变美的这一恩宠已经为我们准备好了。若能充分理解此事，则这个世界就会变得更美。

　　讲到这里，我认为我必须补充说明一件极为重要之事。那就是倘若创作者没过着贫穷的生活，像"食碗家"那种粗糙之物的美丽是绝不会产生的这一事实。我并非单纯地说创作者因为身处贫困境遇中才创作出了那样的作品。我特别想关注的是贫穷的生活所具有的谦虚，在物品的美方面起到的积极作用。若创作者没过着贫困生活，则物品可能会变得更浮躁、更傲慢，或者还会讲究技巧，装饰华丽。但幸运的是，那不是奉王侯和有钱人之命而进行的工作，而是作为平民日常使用的杂器而制作出来的，是创作者为了与自己相近的民众准备的物品，所以无论是什么样的作品都能直接展现他们的生活。在那里我们能看到的朴素之美是源于贫穷之德。

如此说来我或许会招致各种责难：肯定贫穷这一悲惨事实的任何思想都是与人类理想相矛盾的；难道想方设法将人类从贫困中挽救出来不是我们的任务吗？无论杂器多美，若其源于贫困生活，则这种美不是人类的耻辱吗？诚然若只从经济角度来理解贫困，被如此责难也无可奈何，特别是因为现在的人们正为经济的困窘而烦恼，所以绝不会有人满足于贫穷，而对财富的爱欲，甚至是讴歌却到处盛行。贫穷绝不会保证人间的幸福，故而若有要认可这种观点的教义，那几乎是不会被任何人理解的。

然而问题没有那么简单。若从道德的角度来看人类，财富就一定能够保证幸福吗？特别是能够建立健全的内心吗？从事实来看其常常伴随着各种道德缺陷。而与之相反的贫穷生活就没有什么特权吗？比起富人，穷人更谦逊、正直、质朴，所以他们更接近合乎神意的生活。比起奢华的城市人，为何质朴的乡下人中诚实之人更多？贫穷也会成为犯罪的动机，但那是由于嫌贫爱富所导致的犯罪。贫穷和罪恶毫无关系，应该说富贵才与罪恶紧密相连。

我不是要赞美由贫穷所导致的物质上的悲惨。但我在思考与贫穷必然有着不解之缘的各种道德。从种种意义上来说，我们必须要忏悔，比起工匠们我们才是更罪孽深重之人。特别是看到在乡下过着贫穷生活的工匠们，我们不能不反省自己的不足之处。那些人没有所谓的经济特权，但在远离罪恶的内心状态上，他们却比我们拥有诸多出色的特权。"食碗家"的美丽，就源于那种特权。其不单单是物品，而是具有道德的物品。在物品的美中，必然潜藏着一条道路。我没有说贫穷之人即是道德家，但在道德家中有曾贪恋富贵之人吗？因为贫穷更易与德相伴，所以有钱人更易接近邪恶，有钱人保持道德反而很难，而因为贫穷所以能够顺从地保持道德之人却出乎意料地多。诸如谦让之德，与贫穷之人缘分极深。由于自身的傲慢导致我们不去认真思考贫穷之人的特权。为何像"食碗家"这种杂器具有无尽之美，其基础绝不浅薄。若我们有足够良心，看到那些杂器，我们或许会感到汗颜、感到十分佩服。在那些杂器中我们甚至能看到我们难以拥有的惊人之物。在那种美中潜藏着诸多应该作为模范的东西。

很久以前，众多僧侣们就阐明了贫穷与道德的深厚结缘。我也同样必须要认真思考贫穷与美丽的深厚因缘。法则是统一的，美与德并非由不同的法则构成的。那个登山宝训就始于贫穷的教义。圣弗朗西斯科将"圣贫"提升为至高无上的宗旨。既然一切都归神所有，则世间不需一物。僧侣的生活是贫穷的，但却是有信仰的贫穷，没有比这种贫穷更富有的了，故而亦可说没有比人间的富有更贫穷的了。圣人慎富，反复强调富人难以进入天国，那是因为富有易陷入欲望的旋涡中。僧侣是出家人，是舍身之人。信仰心总是赞美贫穷的深刻性。

香严禅师在诗中所言："去年贫，未是贫；今年贫，始是贫；去年贫，犹有卓锥之地；今年贫，锥也无。""卓锥之地"指的是只有立锥那么小的地方，这是僧侣的赞歌，美亦须有此境界。被视为美的趋势的那种雅致之美，不就是贫穷之美吗？真实的美弥漫着清贫的芳香。

第十三章 健康性与美

一

在苏东坡的诗中,《庐山烟雨浙江潮》是一首首尾句相同的名诗:

> 庐山烟雨浙江潮,
> 未至千般恨不消。
> 到得还来别无事,
> 庐山烟雨浙江潮。

在苏东坡的所有作品中,该诗也以深刻传达禅意而著称。然而这首诗是貌似容易理解,实则很难理解的一首诗。若人们能充分理解此诗,则可以说已达到了禅境。正因为那极为平淡无奇的内容才更显意蕴的深刻。根据读者的心境不同,对真意的理解有深有浅。然而在这四行诗句中,在此我想格外提及的一句，是下面的这一行：

到得还来别无事

"别无事"这种境地，可以说是内心的归宿。是"到得还来"之人的心境，指的是无事平稳的样子。诗人吟诵的此处诗句中有道之精神。由于太过简单，或许会有人怀疑该句中哪里包含着深奥的哲理呢？但我要说的是，没有哲理能够超越这种平常心了。

《晋书·范宁传》中记载道："道尚虚简，政贵平静。"平静与简易是同一条道。韩愈形容这种境界为"阳阳如平常"。三祖[1]的《信心铭》以令人惊叹之句为开端。可以说这开篇一句关乎余下的所有句。作者在铭文中毫不犹豫地提笔写到"至道无难"。说的是道的最高境界并没有困难。道之所以变得困难，是因为我们使其变得困难，而非道本身困难，不进入简单的境界是看不见道的，所以"无难"是道，贯彻了无难也就贯彻了道。

《临济录》中写道："无事是贵人，但莫造作，只是平常。"其主旨即只有能达到无事境界之人才是值得尊敬之人。事是人为引起的，不过是强制制造了波澜而已，所以忘记平常而追求异常之人反而迷失了道路。无事是所有心

---

[1] 三祖（约510—606）：僧璨，为中国佛教禅宗三祖，曾跟随二祖慧可学佛数年，后得受衣钵为禅宗三祖。

事的最终结局。

然而在这些语句中,众多禅僧反复吟唱的是南泉与赵州禅师的问答。《禅林类聚》卷一中记载如下:

师问南泉:"如何是道?"泉云:"平常心是。"师云:"还可趣向否?"泉云:"拟向即乖。"师云:"不拟争知是道?"泉云:"道不属知不知。知是妄觉,不知是无记。若真达不疑之道,犹如太虚,廓然虚豁,岂可强是非也!"师于言下,顿悟玄旨,心如朗月。

这段问答阐明的是平常心中有道,平常心即是道。在平淡无奇的日常动作中,我们直接能看到大道。注中记载道:"道不属知,不属不知。知是妄觉,不知是无记。"种种踌躇是因为内心已缺乏平静。又爱又恨已成为心绪烦乱的标志。

《信心铭》中记载道:"违顺相争,是为心病。"追求不同寻常是心病,平常的生活才是健康的标志。

禅语虽深奥,但莫如说其主旨就是平常无事,而这一浅显易懂的道理却最易被人忽略,故而人们认为"平常"的教义反而难以理解。或许总有一天所有的哲理都会归结于此。即使是美的问题,最终也必须要用南泉之语来回答。平常美是美之道。

二

我借用这些禅语,是因为它们对于我想阐明的美的性质，启示颇深。

美有万象。强烈之美与纤弱之美、激烈之美与安静之美、锐利之美与柔和之美、快乐之美和悲伤之美，有时还有讽刺之美、冷酷之美、阴郁之美等各种各样的美，任何境地经过处理都可以转化为美。我们甚至可以认为所有的题材都可以成为美的对象。

然而欣赏那些千姿百态的美，我们会在心中发问，在那些美当中，哪个是最具价值的？或者我们会反省，哪个对我们的生活来说最为重要？

原有的美学总是阐述庄严之美、幽玄之美、伟大之美是如何登上美的王座的。那些美是人们应该尊崇之美，对此或许有人会提出异议。但反过来想，那些美不正是追求非凡之物的内心所要求的吗？追求非凡也可以说是近代心理的特征，至少平凡之物难以变美这种看法由来已久。想来这种态度是对所有领域中出类拔萃的非凡之物的憧憬。那是个人主义时代、天才主义时代所必然要求的美学。那是想要在令人惊叹之物、令人崇拜之物以及压倒性事物中，寻求美的希望之体现。

三

然而不仅如此。注重个性的近代是极为追求自由性的，而自由多是对现实的反抗和斗争，而反抗常常与极端相结合。近代的美将另类之物作为对象是必然的结果。所谓的邪恶之物、颓废之物、变态之物、虚幻之物等，全部都是厌恶平凡的反动性表现之道。我们会发现展现在我们面前的作品中，很多都是极为感觉性之物，甚至是病态程度的锐利之物。

而且近代是意识的时代，知性可以说是近代文化的特色，然而结果却是知性要素发展失衡至过剩的程度。抽象主义就是其表现。很多艺术并不是生活的完整体现，而仅是头脑的产物。很多作品急于展现机敏，炫耀分析，传达感觉。于是那些作品仿佛将凡人的理解拒之门外，常常走非凡之路，大部分都强烈标榜新异。

然而，那些作品不能总是藏匿病态的要素。知性分析只能使感知变得敏锐，使自负得以增长。周遭事物则只不过被看作是迟钝与庸俗的结合体而已。实际上有些人成了狂人，显示了天才的不幸结局。这种现象可以说是近代匪夷所思的特色。在病态之物中美却开出了奇异之花。

四

然而这种特别之美能成为美的正道吗？我们必须对美的直系和旁系加以区分，必须对广阔大路和狭窄小路加以区分。无论是锐利还是细腻，无论是追求新异还是继续前行，若不在正道上阔步前行则只能是次要的道路而已，那与我们的理念相距甚远。这种道路无法保证人类的幸福。其或许会让人吃惊，但却鲜少让人羡慕。更何况那些作品的新异很快就会成为过往，这不过是时间的问题。其往往以流行告终并不罕见。

那些运动在美的历史上都具有一定的存在理由，有些甚至还起到了巨大的作用。然而那是所有人都必须遵守的正道之美吗？那难道不应该被看作是一个反动的异常现象吗？不能视为常态的美终究只能是失常之美。那怎能称为正道之美呢？非凡之道不过只有极少数之人能走，而天下的大道则不允许这种狭隘。我们必须说的是，在美的问题上最紧要切实的问题是何为常道之美、大道之美。

五

每当想到此事，我们就必须要思考为何在美的诸相中，"健康之美"应受到高度评价。这个词一般用于与肉体和精神相关的状态，所谓的健康指的是完好地运用天赐的机能，一切都保持平衡的状态。这一词也可以称为"无事""安泰""平稳""平静"等，显然这些意思都包含在内。

在此我们应该注意的是，健康绝不意味着特别的状态。它是"常态"，是作为平常之物应该具有的性质。人在十分健康之时，并不会特别注意健康，也可说健康是那么理所当然之物，人们只有在生病时才会意识到健康的重要性。

健康是最普通寻常的境界。我们必须要重新阐明这种美的意义，因为我们现在的生活中掺杂着太多不健康的东西。我们必须健康地理解健康的意义，而不能将其理解为某种特别非凡的境界。仅因为病态之物看起来不同寻常而认为其不同寻常，这种理解本身就存在异常了。若我们能健康地理解健康，则会明白那是极为平常的状态。直到现在还没有意识到那种境界之美，是美学的缺陷。美学家争先恐后地阐述庄严之美，是因为他们认为那是非凡之物，但却没有进一步地赞扬健康之美，因为觉得其太过平凡。然而美学家越是高度赞美非凡之物就越囿于平庸的见识。平易之美、健康之美才是纯然之美。

六

想来因时因地因人不同，美有万象。但总有一天，所有的东西都会归于平常之美，因为那种境界是美的唯一归宿。健康若是生存的常态，则只有健康之美才是最符合生活之美。近代的美过于病态，因此进一步在病态之物中寻求锐利之美终究只是过渡期的现象而已。我们在那里看不到文化的归宿。人们不能将寻常之物与倦怠之物混为一谈。倦怠之物自身就是病态的。寻常是常态，而常态则意味着健康。虽然我们认为它平凡，但这种平凡却是最具价值的。

因此"健康"是最恰当的美的理念。我们可以进一步通过反思美的健康程度来评价美。"健康性"才是美的标准，而"健康"是美的价值。深刻意识到这一价值才是将来美学的任务，而将这种美表现出来，才是将来艺术的重点。这在文学、音乐、建筑以及所有的造型艺术中，都是必须全力去追求的理念。任何美在健康之美面前，其价值都是浅薄的。

过去在日本，将茶道美学中所孕育出的"闲寂""雅致"等作为美的标准。这也许易被认为是一种保守消极的美，但"雅致"最重要的基础就是可靠性和健康性。若无健康这一要素，事物就不会具有真正的雅致。所有的美只有与健康结合才能成为真正的美。无论是在生理上、道德上、社会上，还是在美学中，健康都必须也应该成为基准性的原理。

七

那么在万物当中，健康之美是最常见的吗？在追寻普通物品时，我们会看到民艺领域是多么熠熠生辉。并非只有民艺领域才有健康的物品，但无论是什么领域，都没有像民艺领域这样能够如实地将这种健康之美发扬光大的。想来那种健康是从符合生活，符合自然的物品的性质本身中涌现出来的。创作的状态、创作者的内心、使用者的心情，还有所使用的材料以及手法，都在民艺领域最正确地展现出了常态。在这里没有创作者肮脏的野心，没有流于爱好的买家，没有苦于造作的材料。那些作品不是通过敏锐的感觉、知性的工作创作而成的，而是源自更自然平常的平凡世界，它们从未离开过普通的生活，那里没有异化，很多作品都源于被南泉称为"平常心"的那种境界。为何在民艺领域，极为丰富地展现出了健康之美呢？因为必然的法则在那里起着作用。意识、爱好、主张的过剩，无法使物品变得健康。而奢华、傲慢、狡猾，无法使事物归于常态，会扰乱生活，使物品损坏。美深藏于平安之心中。当美与日常生活相结合之时，会越来越健康。但愿美能成为寻常之美。

青原惟信曾上堂说法如下：

"老僧三十年前未参禅时，见山是山，见水是水。及至后来，亲见知识，有个入处，见山不是山，见水不是水。而今得个休歇处，依前见山是山，见水是水。"

此段话正是对美的宝贵的一个公案。

第十四章 关于复古主义

"复古主义"一词几乎从未作为褒义词被使用过。我们也知道实际上从未有人出于辩护的目的而使用过该词,使用该词的一定往往是评论家。有人指出这是一种沉湎于过去之美的停滞性思想,终究不过是一种回忆的态度,其缺乏开拓未来的力量。有人批评说其缺乏对于历史的积极认识,容易流于消极的爱好。总而言之,该词被看作时代错误的主张,是现在的人们不应该选择的道路。所有对于尊古观点的批评,大多情况下就用"复古主义"这一词来概括。只要是复古主义就一定与新时代缘浅。"古"这一评论常常简要包含轻蔑之意。

以复古主义之名受到反复指责的近代著名人士的例子,即为罗斯金[1]和莫里斯[2]。由于他们极为热爱中世纪,故而

---

[1] 罗斯金(1819—1900):约翰·罗斯金,英国作家和美术评论家。

[2] 莫里斯(1834—1896):威廉·莫里斯,英国设计师、诗人、早期社会主义活动家。

常常被冠以"中世主义"之名。中世纪的唯美，即使是令人难忘的愉悦，但却缺乏开拓未来的力量，而且人们认为不应该用它去创造未来。中世纪是中世纪，不是现在亦不是将来。他们的中世主义多次被指责不过是唯美的复古主义的别名罢了。

"复古主义"一词其实对评论家来说是极为重要之词，所有爱古之人都被归结到这一类别中，仅这一词就轻而易举地决定了价值。那时的评论家并没有要深入思考复古主义究竟为何物，他们在深入思考前已经用这一断定进行了评论。然而这种评论难道不应该在批判家们进行更深入反省之后才做出吗？

实际上除特殊情况外，"复古"若是主义，当然应该受到指责。沉溺于过去而荒于开拓未来的人，应该受到严厉指责。对过去的留恋是一种诱惑，人们常常易陷入其中。对过去的赞美多无疾而终。实际上古董具备招揽人心的各种要素，所以我很担心人们只沉迷于享乐。因为无上之美能为人们带来真正的快乐，所以人们始终充满感激。喜爱古董是一种消遣。由于人们将乐趣转移到玩味上，所以常常会沉迷其中。玩味之人虽多，但要开拓新事物之人却甚少。令人遗憾的是，玩味常常成为个人的私事，不具备任何的推动力。我们对古代的赞美，不能停留在唯美的态度上。沉溺于过去是一种弊害。

然而若看到这种弊害就立即认为对古董的爱慕是错误

的，那就错了。因为那些古董中的大部分，实际上足够有资格值得我们尊敬怀念。以西欧十二世纪罗马时代为例，无论是雕刻还是绘画，那些让人惊叹的造型、颜色、表现、构图等，大家都认为应该用所有的赞美之词来形容它们。此种情况下，即使说"回到那个世纪"算是复古主义，对其价值的赞美亦是无懈可击的。令人遗憾的是，复古主义这一指责也常常指向作品的价值判断。评论家亦不可将尊古和复古混为一谈。

很多的评论家们将罗斯金和莫里斯等的想法用复古主义一词来简单地概括。然而问题不能这么草草了事。第一，评论家们像罗斯金和莫里斯一样，深刻凝视中世纪的美了吗？不幸的是多数情况下并非如此。他们不是用直观来看，而只是用思想处理了事，毋宁说因没有看到美故而才会草草地去概括其价值。我们不能认为罗斯金和莫里斯会草率地犯像评论家能够轻而易举指出来的错误。若评论家真的被中世纪之美所打动，或许对罗斯金和莫里斯的思想未必会以复古主义这种评论了事。能用复古主义进行否定的物品，其美的渊源极深，存在的意义重大。若能够真正理解这种美，我们会发现其深度足以令人赞不绝口。若只是复古这种主张，评论家们轻易地说说也无妨，但他们若就物品本身来说，则不能就那么草草概括。若评论家不用思想来说物品，而是用物品来说思想，则立场就会变得截然不同。罗斯金和莫里斯不是用思想来说物品，而是用物品来说思想。他们的思想不过是后来整理出的东西而已。比起思考首先是直观，这会与那些不进行直观就做出评论的评论家产生分歧也实属无奈。用复古主义一词攻击他人之人，多数将直观这件事推后，毋宁说几乎是只思考而不直观。若评论家能直观事物，则其评论会大不相同。

在过去存在着潜藏着无尽之美的正确之物，它们的制作者们保存着对工作的忠诚，且那时的社会存在着使这种生产成为现时的可能，这些都是无可否认的事实，这些性质才是最值得我们深刻反省的。我们并非为了模仿，而是这些性质对今后我们推进工作提供了最好的启示。立志做正确工作之人，若不对这些性质进行反省，我们甚至应该称呼他们为义务懈怠者。对中世纪的深入研究，不是复古，而是为开辟全新道路所做的准备，特别是在对工作的忠诚度下降的现代，这是何其重要的精神食粮。因为我们现在最缺乏的东西，在中世纪却是极为丰富的。我们甚至可以认为中世纪是我们最应该学习的时期。不是为了模仿，而是为了学习美的元素法则。法则无论是在哪个时代，必须是亘古不变的。时代在变，用途在变，外形在变。然而在那些物品深处流淌的美的法则是不变的。在此我举个浅显的例子来探求真理。

假设此处有烛光，可以说那已然是过去之光，但有人因为喜爱它所以现在仍将其放在桌上，喜欢并经常使用的习惯使得人们将这种形式甚至应用到电器用具中，更有甚者将远古的火把作为照明的形式。然而时代是不断前进的。蜡烛消失，人们开始使用石油，使用瓦斯，进而发明了电器。在当今的时代，人们每天使用蜡烛出于爱好，或是无可奈何，又或是守护诸如祭典这样的传统的情况，它已经脱离了普通的文化生活。过去与现在应该有所不同，若是相同则说明文化变异了。

电器现在已经发展为霓虹之光了。我们已经不再用灯笼来为店铺照明。但在此我们应该仔细想想，蜡烛之光是否就因此失去了美丽？我们不能否定蜡烛之光带给我们的温暖、柔和、宁静，与之相比，街头闪耀的霓虹灯的颜色是何其暗淡、冰冷、喧嚣，我们不能盲目看待此事。时间会选择霓虹灯光，而美却依然与蜡烛相伴，这两者间现在是不协调的，今后如何将这种二律背反统一起来，是亟待我们解决的课题。我们应该珍惜科学之光，但却不能因此而忽略自然之光。若仅将对后者的爱当作复古主义而摒弃，那就太愚蠢了。这种情况恐怕人们是用思想抛弃了蜡烛，而没有用眼睛去直观它，此处的评论有不妥之处。

有人或许会如此主张。现代完全不追求宁静、柔和、温暖之光，这些性质不过是曾经被爱慕的美罢了。现在追求的是犹如金属般强烈、刺激之光，诸如平稳、雅致之光，已成为过往。所以这种美，现在已不再是美，我们常常会看到这种评论。但这往往只是将现在"如此"与"应该如此"这两者混为一谈。例如在讴歌西方的时代，日式之物作为无价值之物而遭到痛骂，对日本的热爱之情作为腐朽之物而遭到诽谤。人们甚至主张现代绝不追求日式之物，因为他们认为只有尊崇西方才能够使文化得以发展。即使这种赞美在某一时期是必要的，我们也不能认为日式之物就没有价值，更何况欧化主义至上这一结论也不能伴随始终。从"吸收"西方文化这件事，我们往往无法得出"应该吸收"这一规范。适合某些情况的事物未必适合所有情况。我们应该思考"如此"这一现状往往是否能够与"应该如此"这一理念相一致。

我们回到前面的话题。即使现在流行霓虹灯光，我们就能断言光必须是霓虹色的吗？霓虹就能成为规范之光吗？事实是那是由于科学不成熟所导致的令人不满意的色调。随着科学的进步，不知何时霓虹灯光或许会成为被人们舍弃之物。霓虹之光虽是新鲜事物，但却不值得赞美。这种新鲜或许稍纵即逝，因为其只是在科学不断进步的过程中，短暂出现的不成熟的照明而已。我们不能过于被新事物所吸引，而应该更深入去研究新鲜事物究竟具有什么内容。越新越应该用心去深入研究。对于新事物的无批判的赞美，最终往往只停留在对流行的赞美上。与之相比，蜡烛之光是过时的，但它却并非由人类的智慧，而是由自然来守护的光。正因为如此，蜡烛之光与霓虹之光相比性质要复杂得多，这恰好与化学染料钴蓝和天然靛蓝的差别是一样的。靛蓝的成分要复杂得多，而钴蓝的单一不过是由于科学还没有发展完善所导致的结果。从美的角度来说，靛蓝更胜一筹。钴蓝不能总如现在这般，当其能与靛蓝相媲美之时，我们才可以称赞它。当今的钴蓝不过是不完善的新鲜事物而已。我们不能将蜡烛之光当作无趣之光而弃之不顾，毋宁说在霓虹时代我们最应该反思的光就是蜡烛。这是一个让人感到可怕的背反式的存在。我们无法回到过去的蜡烛时代，但亦不能同样止步于现在的霓虹灯时代，必须更进一步朝第三个目标前进。为了获得统一，我们一定要同时吸收矛盾双方的正题和反题，共同超越前行。我们不能把"如此"的现在和"应该如此"的未来混为一谈。现在是过程，却不是终点。我们不能错误地将手段作为目的，或是将目的作为手段的牺牲品。

若有人讨厌所有新的光，而只喜欢蜡烛，我们应该称其为复古主义。但看到并去思考蜡烛之美，反而是为了更好地照亮未来所做的正确准备，若人们对此也用复古一词来概括，那或许能够证明人们不具有欣赏光之美的眼睛。若看不到蜡烛之美，则无法透视霓虹之光，因为若对美没有自己的见解，则剩下的除了科学就别无他物了，而仅凭科学是不会产生美的。

热爱过去必须是为了创造未来，创造未来之人不能止步于现在，而为了现在的发展必须要回首过去，热爱过去而忘记现在之人根本不了解过去。同样地，流于现在而不反思过去之人，亦无法充分利用现在。未来必须建立在过去与现在的相统一的基础之上。过去、现在与未来三者密不可分。

第十五章 民艺和农民美术

我们常常会将民艺与农民美术混为一谈。想来也不无道理，因为这两者之间有相似之处。广义上来说源于农民的固有工艺应该是属于民艺，即民众工艺的一部分，所以将两者弄混也是理所当然的。然而在日本，说起农民美术指的则是山本鼎[1]等倡导的运动。所以他们的工作和我们的工作常常被混为一谈，成为人们讨论的话题。普通人不会对这两者进行特意区分，这是不具有仔细反思问题习惯的大众，或是对于非专业领域问题只具有模糊概念的评论家们容易持有的观点。然而就像从专业角度来看这些事物之间的差异显而易见一样，民艺与所谓的农民美术绝不是一回事，总体来说两者是源于截然不同的态度。若是一样的话，则没有必要对已有的农民美术发起民艺运动了。尤其是民艺运动不是与农民美术相对立产生的。过去相互之间

---

[1] 山本鼎（1882—1946）：日本爱知县冈崎市出身，版画家、西洋画家、教育者。

从无纷争，而且我们也从未评论过农民美术的工作，但由于很多情况下会不小心将两者混为一谈，所以在此我要阐述一下我们的想法，明确立场。

我知道农民美术的存在，还是在学生时代。所以山本鼎的努力历时久远，略二十年有余。是在农民美术运动开展两三年的时候，我和朋友去信州旅行。当汽车经过小诸附近时，透过窗户，我忽然被建在对面的与众不同的屋顶形状所吸引。那是坡度很陡的别致的西式屋顶，与周围的农家显得格格不入。我以为是谁的别墅，可结果从同行的人那里听说，原来是山本创作的农民美术的工作室，我感到极为吃惊。因为既然说是农民美术，我认为应该是当地农民创作的具有地方特色的土气的作品，但与我的想象不同，建筑物是高仿西洋风格的形状。而在之后多次举办的农民美术展览会上，我豁然开朗。我经常看到展览会上所陈列之物多为俄罗斯、斯堪的纳维亚半岛等外国作品的仿品，工作人员也穿着俄式男衬衣。一看展出的作品，纯日式的、纯农民制作的几乎没有。这时我才明白，工作室虽在信州的农村，但却被建成了与佐久郡的农家截然不同的西洋风格，这是将工作的性质表现得淋漓尽致。

因此虽说是农民美术，但大部分并没有进入我们所认为的农民美术的范畴。那是崇洋的西洋画家，从外国的农民美术作品中选取其认为美的东西，然后让日本农村的青年们仿造出来。因为在出身城市的西洋通美术家的脑海中，农民美术并非必然诞生于农村的农民作品，毋宁说他们从一开始就忽视传入日本农村的传统、材料和手法，而让农民仿造遥远的异国百姓制作的有趣之物。不知道这是否可以算作是西洋画家的爱好，其总是伴随着一种异国情调。作为创作者的农村青年们莫如说也有了文化人的气息，看上去更乐于创作别致的作品。

然而真正的农民美术原本绝非如此。它与城市的美术家的审美意识无关，主要以极具地方性的、固有的实用品为主。它源于真正的乡村生活，是乡下人在实际生活中使用的物品。然而在日本，所谓的农民美术结果却不是源于乡村生活之物，而是被人为制作之物，故而所有的地方性特色几乎都没有表现出来。因此与其说是农民美术，还不如说是城市美术更为恰当。就是因为将工作交给乡下人来完成，才几乎没有当地的原生态之物。

其结果就是在日本所谓的"农民美术"中，消遣品多，实用品却很少。玩具多是展览会的一大特色，甚至人们一提到农民美术即刻就会联想到玩具。这种现象是必然的结果，因为那些作品本来就是根据城市美术家们的嗜好挑选出的消遣品。而比起实用品，消遣品更符合他们的心境。这不仅是农民美术的发展趋势，我们会发现最近来自各地的副业产品，大部分都是玩具，这同样是因为指导者大多在城市接受过教育，且很多物品都是基于城市人的嗜好制作出来的。作为副业产品，人们几乎都会选择消遣品。因此冠以农民美术之名的物品具有两个特点：一是不具地方特色，二是不以实用品为主。将这些物品称为农民美术是否恰当？在此我们不能不感受到不可思议的矛盾。

尤其是所有的运动都源于意识，只要这种意识在城市人中被极为广泛地培养起来，则地方性工作也会与城市有着密切的关系。倘若这种意识能努力尊重地方特色、理解源于地方的材料和手法、让作品从地方生根发芽，那结果或许会是另一番场面。但没有这种客观性的努力，只是想用主观性的嗜好来支配一切，则不会产生任何地方性的作品。于是实用品几乎沦为次要品，而娱乐品则成为主体。但那能称作源于农民的美术吗？如此说来日本的农民美术运动有着不尽如人意之处。

但我所了解的真正的农民之物中有很多让人赞叹之处。它们往往具有地方性及实用性。俄罗斯给我们展示了很多例子，斯堪的纳维亚半岛也有不计其数的物品，中国还有我们日本，固有的农民美术都是很丰富的。那些作品毫无例外都不是模仿外国的作品。即使是仿品，若不能内化为自身之物，亦不会成为农民美术，还有那些物品绝非单纯的消遣品。比起即兴创作，他们更会认真地制作日常器物。让我们来看看位于斯德哥尔摩的世界上最大的农民美术馆，那里陈列的数万件令人惊叹的收藏品，实际上都是源于地方、源于实用，基于传统之物，而绝非是一时兴起或是爱好的产物。那些作品与日本所谓的"农民美术"血脉不同。"农民美术"一词不知是谁先提出的，也可能是英文"Peasant Art"的译文，它实际上是带有美术色彩的作品，看上去并不像工艺品。因为标榜美术，所以讨厌基于实用之物，但真正的农民作品是最好的工艺品，绝非是仿美术家的作品。我们有必要认真反思此事。

在此我要阐述一下民艺的主旨，想弄清楚民艺与所谓的"农民美术"的不同之处。若作品真的是源于农民本身，或是作为地方特有之物而产生的，则毫无疑问就是我们所追求的一种东西。从这个意义来说，民艺与农民美术有着很深的血缘关系。而正像前文所写，日本的"农民美术"运动，从结果来看并非真正的农民产物。总之，此前的数十次展览会告诉我们，那些作品无论如何都无法称为日本农民美术，而且那恐怕也不符合山本的主旨。

比起美术，我们尽量要使作品回归工艺的本质。在我们的理解中，民艺的"艺"就是工艺的"艺"。既然是站在工艺的立场，那么我们的本愿就是让作品源于用途。用途在日常用品中最能发挥其作用，因此我们在日用品中寻求作品的主要对象。我们几乎不接触玩具领域，而农民美术则以此为主，所以说两者是截然不同的。虽然我们只要有余力就想要生产玩具，但由于两个原因，这一想法并没有真正实现。第一个原因是人们认为在实用性方面首要任务是要发展民艺，所以嗜好性的玩具就退居其次了。第二个原因是因为在玩具与玩偶中，创作出真正的佳作是极其困难的，若不依赖传统，则很难创作出美的作品。特别是玩具，我认为应该有效利用地方特色文化，所以事情会变得更加困难。就像农民美术展示出的众多玩具玩偶一样，因其不是真正的乡土玩具，所以离我们的愿望相距甚远。由于不想制作这种东西，所以我们将这一领域推后，尤其是在任何地方都让人们制作相同的作品是毫无意义的。最近说起农家的副业，立即就会想到制作玩具和玩偶，但成品却是惨不忍睹，这是由于对这一工作是何其之难并不了解而导致的悲剧。那些物品充其量就是"一时兴起"，而将作品托付于一时兴起是最危险的。所以我们得出了一个结论，即只有对实用的忠诚才是工艺最坚实的基础。即使理想很遥远，但为了实现它我们必须竭尽全力。"对用途的忠诚"才是民艺的道德，我坚信这亦是优秀的古代作品的基调。

故而我坚信在制作这种实用品以及促进其自然而然的发展上，有效利用地方传统是最合理且最自然之路。从这个意义来说，在这片土地上曾盛行过什么样的物品？现在仍在继续制作什么样的物品？还有什么样的工匠留在这里？何地有何种原材料、保留了什么手法？等等，我们要经常留意这些事情。为此我们要竭尽全力去收集资料、进行调查。

在我们看来，比起让信州的农民创作俄罗斯风格的作品，让他们调查在信州盛行的手法，反思在当地能获得的材料，充分利用固有的传统才是更合适的做法。从这个意义来说，比起西式之物，我们更要将重点放在"日式之物"上。不过我们没必要厌恶西方事物，应该引进的东西我们就要引进。只是若不能在充分理解吸收的情况下引进，其结果就只能是仿品，工作亦会半途而废，此事须小心留意。不过若是在手法和材料上日本与西方相似之处，则咀嚼其内涵是很容易且自然的。例如在英国很盛行的泥釉陶器，若用出云的布志名去尝试制作是极为自然的，因为材质几乎相同，且在日本自古就有类似绞泥的传统手法，布志名这一地方性特色的影响力也会因此而扩大。除非具有这种一致，否则模仿西方这项工作就不是正道。引进西方事物，应该充分发挥其作用，而不能使其不了了之，但事实是后者的情况极多。总之我们希望民艺无论在哪里都能立足于地方性，所有地方都创作同样都市风格的作品，那不是我们希望看到的工艺之道。

原本民艺比农民美术范围广。说起农民的作品，大部分仅限于副业性质。副业对地方的经济发展具有重大意义是不言而喻的，然而为了合理推进工艺之道不能将工作止于副业，总有一天应该将其作为主业推进，为此需要充分的专业训练。真正的工作在业余时间是无法进行的，所以这与将民艺只当作副业性工作相互矛盾。我们可以将民艺作为副业加以有效利用，但更应该将其作为职业而使其充分发挥作用。所谓的农民美术具有外行的气息，是不值得鼓励的。那或许是一种趣味，但终究只是一种肤浅的趣味。工艺原本是一种技艺，需要长期训练，所以其必须是内行的工作。从前的半农半工不仅停留在外行境域。我深感现在的农民美术尚未达到工艺水平的一半，这样人们在工作中就不会创作出真正的作品。民艺当然必须脱离外行境域。

民艺和农民美术都是源于民众领域的产物，在这一点上两者是一致的。但两者的工作立场、方法和目的截然不同，理解这一点极为重要。所以过去看似与我们最有缘的农民美术，却是最缘浅的。我认为农民美术本来的主旨有值得尊敬之处，但我们必须意识到在对作品的理解、目标、过程、结果方面，其与民艺有着显著差异。普通人对这两者的混淆，不过是由于不熟知事物就进行的推测罢了。

民艺的发展需要三个基础。第一是对日本固有传统作品的关注。日本的民艺首先必须是日式之物，然后需要将这种关注扩大到整个东方或西方的出色的物品上，由此我们能得到极多暗示，学到如何使作品成为正确、美丽之物的法则。第二是对现在在日本各地正在创作什么样的民艺品的考察，由此能够了解各地的材料、传统、手法和种类。只有对此更有效地加以利用，向前推进，才是民艺最自然的发展之路。第三是必须使作品的用途尽可能地有助于现代生活。徒劳地固守古老的形式是禁忌，但在整个时代的审美意识已衰败的今天，我们不能期待工匠自身具有足够的创作力。对作品的变化以及工作方案，我们需要得到理解美的个体创作者的指导。没有创作者和工匠的合作，工作是无法正确地向前推进的。民艺在任何地方都不能是游戏，不能停留在嗜好和灵光一现。民艺必须要走更为正统的工艺之道，正因为如此，其不是一蹴而就的工作。

第十六章 民艺品与贵族品

我们仍不断受到如下的反驳："不只是民艺品美，贵族品也很美。总之较为恰当的观点是两者都有美丽之处，亦都有丑陋之处。"有人这样郑重其事地告诫我们。这是站在所谓自由批判立场的所有人都会说的话，是在告诫我们，宣扬民艺之美的主张不过是偏颇之见而已。

而现如今我们再听到这种评论只会苦笑。这种评论不过是人尽皆知的常识而已。即使我们再无知，也知道那是常识性的真理，而且我们还会更深切地洞悉那样的真理。我们喜欢物品，对于美的物品总是迅速做好准备，每天都怀着对美的物品的热爱之心度日。在直观面前，物品从一开始就不分高低。无论何物，美的就是美的，丑的就是丑的。面对美的物品，我们总是心潮澎湃。

我们没有轻视自由评论的价值，但浅显的自由评论实在是让我们无法忍受。他们不会给予我们任何超越一般真理的东西，所以他们的语言苍白无力，而缺乏力量的评论中会存在着谎言。关于事物之美我们更要多加学习。

读到关于民艺的评论，我们会发现几乎没有根据物品进行阐述的，大多是不进行直观而直接对物品进行阐述。此处的直观物品，并不一定意味着看很多物品，对物品视若无睹之人不计其数。所以关键不在于看的量，而是质。令人震惊的是，在评论家中具有这种质的人甚少。我们对这种明盲的忠告已厌烦至极，因为很多评论家没看物品，或是看不见物品，为了得出见解只能用概念对这些物品进行裁割。然而用思想来总结美的问题，简直荒唐至极。因这种错误的议论我们招致了太多的指责。就好比随意做个稻草人进行打靶，不过是游戏而已，即使射中了也不算射中，而民艺不是那样的稻草人。倘若评论家，哪怕只是十分之一也好，是真正能够直观物品之人，则人们对于世界之美的看法将会发生巨大的改变。我常常想，比起用头脑去思考，人们若先去接触事物看清事物之美，则现如今就没有必要再对民艺说长道短了。

我们敢于谈及民艺之美，一是因为关于这一领域的美几乎无人论及，无人对这一领域进行过反思，甚至就连"民艺"这一词也只能由我们首创。实际上大家都知道，十多年前民艺品并无真正的市价。评论家现在才公平地说："贵族品与工艺品都美"，但就在前几天，还尚无人关注民艺品。我们使用的"杂器之美"一词，在当时被看作是极为奇怪、意外且鲁莽的语言。不知是不是由于这种惯性，人们甚至至今还常常认为这是一种叛逆的观点。从公平的自由主义者口中,我们从未直接听到过关于民艺之美的只言片语。他们所谓的公平的评论,不过是在我们的主张之后制造的言论而已。若民艺最初是他们传授给我们的,则我们现在不会重新如鹦鹉学舌般阐述那种美。何等权威的人物能够说出"我们应该承认民艺品也具有美"这样的话呢?首先就连"民艺"这一词以及概念,他们直到昨天还不知道。他们是在什么地方看到了什么样的美呢,我们在心里暗自纳闷。在做出评论之前要先直观物品,倘若能够做到这点,我们彼此之间就可以非常亲切地交流了。跟没有直观物品之人实在是难以沟通,因为几乎说不通。

我们不只是因为过去人们没有对民艺进行反思,才取而代之去谈论它。我们更积极地被民艺之美所吸引,即使有很多人看到那种美,也未必有我们从民艺中得到的喜悦和教诲多。我们的诸多言语可以说是对此表达的谢意。我们亲眼所见的场景,与我们长久以来学到的东西大相径庭,所以我们亲自见证了以往的观点中有很多应该改正的东西。结果我们得知,以往的美的标准有太多的错误。我们的意见之所以被视作一种反抗,是因为其意味着这种改正。无论在哪个领域,改革性的工作都会首当其冲地遭受指责和误解。

我们学到的观点是这样的,最美的工艺品几乎都出自天才之手,而且是从在王侯贵族的保护下创作出来的珍贵作品中发现的。因此有名款之物受到尊崇，历史学家也热衷于探寻名人之作。实际上我们就是在这种趋势下成长的，且这种趋势现如今仍在支配着人们。因此过去关于民艺，我们几乎一无所获。若回看文献，我们就会明白这一领域是何等寂寞，此前评论家的观点如下。

杂器是粗野之物，并不是值得反思的宝物。因为出色之物都是知名创作者创作的，所以若不是在少数贵重的高价品中，我们难以发现好东西。即使我们无法得知创作者的名字，亦可推断出那一定是当时的天才。而大量产出的廉价品以及普通百姓使用的实用品，从一开始就不是上等品，所以它们原本变美的机会就很小。我们在为了美而创作出的物品中发现美的物品是理所当然的。工艺品成为美术工艺品之后才开始变美。在美的天才亲手创作之物以及以美术品为志向创作而成的贵重品中有更美之物是理所当然的。这是至今为止的观点和立论。

然而我们看到了什么？有两件事直接映入眼帘。一是在像上文提到的上等品中，美的物品反而很少。另一件事是在百姓使用的民器中，美的物品极多。这不恰好与迄今为止的情况相反吗？我在此再重复一遍。我们从未说过天才的作品和贵族品中没有美的物品，只是指出过这些物品中反而病态之物很多，健康之物很少。于是我断言，在此前一直被弃于次要地位的民众的无名款实用品中，美的物品是极多的。

我们强调了评论家迄今为止不屑一顾的民艺的价值，但结果我们似乎被视为主张非民艺不美之人。我们被告诫道"美的物品在贵族品和民艺品中都有"，但这件事不是我们说过的吗？为何评论家过去从未说过"民艺品中有美的物品"？我们想发出这样的诘问。

但这件事其实无所谓。我们希望大家仔细聆听下面的种种真理。

好的工作并非只有天才才可以做。默默无闻的普通人也可创作出杰出的作品。甚至有些美丽的作品是只有众多的工匠才能够创作出来的。在工艺的世界中，某一时期的普通人起到了极好的作用。他们为美的世界做出了出色且巨大的贡献。例如我们来看一下最近大家热议的具有极高市价的"吴州赤绘"，无一是天才的作品，全部出自当时平凡的无学识的工匠之手，而且是廉价的出口品，中国的贵族们对这样的物品不屑一顾。但即使是今天的天才，也极难接近这种美。只有天才能做好的工作，在工艺界是绝对的谎言。但这无所谓，普通人能完成出色的工作这一真理，给了我们巨大的希望。今天这件事情难以完成，是因为社会情况不好，民众本身没有任何改变。

我们也可以说迄今为止仅少量创作出的珍贵物品中有最美的物品，但在这样的物品中即使有美的物品，事实上也是很少量的。而在工艺的领域中，大量制作出的普通作品中反倒有出色之物。并非所有的民器都是好的，但民器中美的东西不计其数这一事实是不可否认的。民器之美是只有在大量创作廉价售卖的情况下才会产生的，人们认为大量和廉价是与美相悖的特性是错误的。实际上即使是理想，若能够使大量与美相结合，则最好不过了，而让美仅属于少数高价之物则与理想相悖。在工艺领域，在大量创作出来的普通物品中诞生了出色的物品。我们再也不能怀疑这一真理。最重要的是，物品在我们眼前将这一真理展现出来。

我们尤其应该强调一点，即工匠们大量创作的作品能够与美相结合这一事实。而对我们来说，更为重要的任务就是将更多的注意力投向这一方向。因此对提倡关注被忽视的民艺之美的这件事，我们感到了特殊的使命感。

在此我们可以提出更重大的美学真理。直观告诉了我们如下事实。当我们在个人作品和贵族物品中选择美的东西时，总体来说首先在古代品中多，其次是在手法、形态、纹样比较单一之物中多，这其中包含着很多有趣的真理。所谓的古代，说的是美术与工艺尚未明确区分开来的时期，换言之即等级差别还很小的时期。

那时缠绕在贵族物品身上的病弱尚未清楚地表现出来。所以那个时代的物品，即使是贵族品也还是健康的。还有由于技术、手法亦很简单，所以人为的装饰很少，而相应的自然性很多，因此纹样、形状单一且错误很少。而到了后期，物品则变得奢华至极，结果各种弊病显现出来，技法也变得错综复杂，作品流于纤弱，陷入敏感，落入过度的嗜好，最终脱离了本然状态。因为有这一弊端，所以贵族品中好的物品甚少。反过来说，具有素雅之感的物品中出色的物品反而很多。由此我们明白"贵族性"本身绝非美的最根本原因。使那些物品变美的，毋宁说是单纯与自然，奢侈豪华之物反而多数情况下是与美相悖的。

而若将视线下放到民众的作品上，我们会看到怎样的情景呢？基于其自身性质，用途没有使物品变得病弱，手法尽量避开复杂，形态和纹样追求简单，因此民艺品是在极安全的状态下制作而成的，健康自然之物很多是理所当然的。反思这件事我们会发现，在民艺品中与古代作品相通的要素得以极好地保存下来。视那些物品为粗野之物才是一种武断的观点。当想到能让具有出色直观力的初代茶人们流下随喜的泪水的只有民艺品时，我们就会认同民艺之美深不可测。

因此我们在民众的作品中，反而能够更好地去寻找美的标准。而当我们在回顾贵族作品中反思美的作品时，我们会发现那些美的作品，都是基于与使民艺品变美相同的法则，即简朴、健康等特质。所以理解民艺之美与理解整个工艺之美，两者有着密切的关系。美的事物仅限于贵族品这一观点，或是贵族品往往比大众品更出色这种观点，都不是基于对作品的理解。我们尤其要重视民艺，因为从那里能够学到很多美的特质。

此外我们最后想强调的一点是，民众的作品对于美的王国的建设起到极为重要的作用。少数天才创作的少量作品、仅有极少数人能购买的奢侈的贵族品，那些东西即使变美，美的王国亦不会到来。我们要使源于大众，为大众而作，为大众所用的大量作品变美。为此，我们对这样的作品中可能存在美，进一步说是只有这样的作品才能产生的美这一事实的存在，以及这些美具有什么样的性质等这些事情必须要有正确的认识。我认为无论是在美学上还是在社会学上，对民艺之美的认识都极为重要，这一点我无须赘述。

况且我们应该深刻地认识到，在使美融于生活这一点，即使美符合生活、使符合生活之美诞生这件事上，民艺具有极为重大的意义。美不能只是少数人的所有物，它必须渗透在普通人的日常生活中。若要达成这一使命，必须企盼民艺的兴盛。民艺的兴衰不久将会成为衡量文化之美程度的试金石。伟大的时代往往既是伟大民艺的创作者，亦是使用者。

第十七章 用与美

实用性是工艺的本质。缺乏实用性的物品无法称之为工艺。因此实用性不足的物品,其工艺性也相应欠缺。而失去工艺性,就无法期待其具备真正的工艺之美。

所谓实用,即在实际生活中起到实际作用之意。因为此处的生活主要指的衣食住三方面,所以用指的就是在上述三方面的用处。工作时、休息时、进餐时,能够对我们的生活起到辅助作用的就是工艺。只有借助这种辅助,生活才会更加顺畅。无论在哪都离不开实用,这就是工艺的特征。

回顾造型的世界,我们会发现这个"用"具有多么重要的含义。大至建筑、衣服、家具,小到手边的各类工具,都是以某种用途为目的而生产出来的。在过去,绘画和雕塑也同样具备用这一特征。

某个物品被使用,就说明其被需要,其满足了某种必不可少的需求,因此产生了"需要""必需"等这些词汇。

为顺应某种需求，人们制造出各种各样的物品。生活变得复杂，需求也随之增多。所谓物品，就是为了某种用途而被生产出来的东西。不存在没有"用途"即"使用途径"或"使用领域"的物品。当然在此我们说的物品指的是有形的具体事物。

"使用"这一词原本来自"拿"，意为手里拿着某有形之物。而"用"即为"功用"之意，还可以被组合成"作用""效用""妙用"等。故而若说某物品是实用的，则意味着其具有"功能"。我们可以将具有功能的有形物定义为工艺品。简单说来，亦可称为"有功用的物品"或"起作用的物品"。简而言之，就是为了能对生活有所助益而被人类制造出来的物品即为工艺品。

因此被制造出来的物品都必须符合其用途。在此以椅子为例来进行说明。椅子是用来坐的，所以必须要具备适合人坐下来的特性。一块石头、一个树桩也可以坐，但不能将其称为工艺品。因为它们不具备作为椅子所具备的特征。所以人类才想方设法去制造椅子。第一，必须坐着舒服。椅子的宽度、深度、高度、椅背尺寸、是否带扶手、弯曲度多大，这些都需要根据人的身高做出调整。其次，构造很重要。如果很快就坏了的话，那根本毫无用处。其必须具备牢固的结构。在此需要加入很多力学方面的考量。因为要经常挪动，所以还要考虑重量问题。而且即使都是椅子，但也分为办公用椅、书房用椅、休息用椅、食堂用椅，以及室内用椅和室外用椅，各自的功能都有所不同。它们分别适合选用什么样的材质呢？不同的材质左右着椅子的外形。单纯的木质椅子、贴布面或皮面的木质椅子、金属椅子、竹质椅子、藤条编织的椅子、罕见的石质椅子、陶质椅子等，种类繁多。但无论是哪一种，都是为了人的某一需求，在某个地方花费一定时间制作而成的。若用起来不方便，或很快坏掉，则无法履行其作为椅子的功能。工艺品肩负着应满足某一用途的使命。

同样，盛水的罐子、盛菜的盘子、穿在身上的衣服、收纳物品的箱子，这些又意味着什么呢？在此我们可以看到三种事物的交叉：使用的人、被使用的物品，以及将这两者连接在一起的功用，即功能。只有当这三者都具备时，生活才会顺利进行下去。

但是在此有一点需要注意。因为所谓实用，即实际性的效用，所以其常常易被看作是单纯的物质性的效用。尤其是那些用来辅助我们肉体劳动，以及衣、食、住的用具，它们的用途常常易被误解为单纯的物质性的效用。实际上，与美术相比，工艺被轻视的很大原因，是因为工艺与物质层面有着很密切的关系，而美术则被认为是纯精神层面的东西，所以在人们心中地位更高。如此一来实用则被认定为等级较低的特性。同样的观点在哲学中也有所体现，比起唯心论，人们认为唯物论是低级哲学。但将实用单纯理解为物质性真的妥当吗？大家不觉得很片面吗？虽说是唯物论，但若不与观念相结合，则无法讲述唯物这一观点。纯粹的唯物观能够在人类的生活层面存在吗？虽说是唯物论，但亦是一种哲学，既然是哲学，就必然是一种精神思想。唯物论自身绝不是唯物性的。

单纯从物质意义去理解实用，未免将人类生活理解得过于狭隘。我们的生活不仅是肉体生活，脱离精神的肉体是根本不存在的。所以说生活既是身体的生活，同时又是心灵的生活。生活是物质生活与精神生活的结合，甚至应该说两者本来就是一体的，只不过我们为了方便将两者分为物和心两方面而已。

因此，辅助日常生活，这本身就是身体需求与精神需求的结合。物质性用途和心理性用途总是结合在一起发挥作用。所以功能并非只表现其物质层面的特征，还必须具有心理层面的效用。所谓好用和难用，其实一半来自心理层面。不仅如此，即便是物质本身，我们也不能将其单纯理解为物质。只要是人类创作的物品，就会反映人类的心理。不知不觉便将智慧、感觉、感情、性格及道德都融入其中。同时物品亦承载着人类的心灵，毫无性格的物品是我们无法想象的，因此使用者、被使用的物品以及将这两者连接在一起的功能，都各自从物心两方面发挥着作用。这在理解工艺之美方面，是极为重要的事实。

举一个贴切的例子。食物是人类生存不可或缺的东西，这一点不言而喻。但那仅仅是肉体上的需要吗？心理上的变化对食欲不起任何作用吗？肉体上的需要难道不会在心理作用下增加或减少吗？我们能够想象不掺杂心理要素的物质需求吗？可以说食欲既是肉体需求，亦是心理需求。

若食物只是单纯的肉体需求，则只要有营养万事足矣。如何装盘、如何配色，还有有无香气等诸如此类的问题就不必考虑了。但人类却要求食物的味道、喜爱其香气、搭配其色彩，甚至还要考虑其口感，那是因为人类对食物的需求伴随着心理层面的快感，甚至更准确地来说，若没有这种快感，人的食欲就会减弱。营养价值并非仅局限在物理学、化学性的特征。若装盘脏兮兮的、颜色刺眼、缺乏香气，则无法引起人的食欲。食欲减退会导致消化功能减退，食物的营养价值自然亦会降低。

所以人类用心对待菜肴。这甚至已成为包罗万象的技艺的一部分。就像中国菜，真是让人赞叹。人类喜欢美味，但不仅限于菜肴本身。他们会将菜肴漂亮地摆盘，甚至连盘子都要精心挑选，根据菜肴的种类选择不同形状的器具，而且还不忘记装饰餐桌。吃起来美味、看上去赏心悦目的饭食是最好的。所有这些能增进人食欲的准备都会促进消化、增加营养。唾液和胃液的分泌受到菜肴内容和形态的左右，这是毋庸置疑的事实。若味道不好，则菜肴作为营养的效用无法完全发挥出来。营养不仅是肉体层面的问题，只有加上心理层面的作用，营养价值才会得到进一步提升。若食欲单单只是肉体层面的问题，则烹调的历史就不会如此丰富。人类也不会意识到自己的人生有如此幸福的一面。

人在口渴时要喝水。用双手掬水就能喝到，或是一片大叶子也会派上用场。但若条件允许，人们还是想使用饮水器皿，因为那样喝会更让人感到心情舒畅。尤其是在炎炎夏日，人们更喜欢用玻璃器皿喝水，因为能够用最舒适的心情来体味水所带来的清凉。通过玻璃器皿，水增添了一分妩媚之姿，人们可以在这种愉悦的心情中愉快地喝水，这分喜悦甚至会增加水的甘冽。而在寒冷冬日，陶器则更加适用。特别是热茶，因为陶器会增加茶的韵味。可以说若无陶器，茶则无法充分展现其本色。

上述这些食物的例子，为我们阐明用途在工艺领域的意义提出了很好的启示。若仅从物质层面理解其在生活中的用途，那就大错特错了。若非要如此，则工艺品就失去了其作为美丽工艺品的特性。我们要切记，用途与心理感受深刻交织在一起。

我们再从另一个角度来审视用途的特征。使用物品就意味着要接触物品。闻嗅、放置、支撑、攀握、手持等动作都与触觉相关。这种情况下，触觉主要通过五种性质发挥作用。是硬是软、是重是轻、是温是冷、是滑是糙、是圆是方，根据物品的特征，触觉会做出相应的反应。材料的选择也主要受上述要求制约。做箱子要求轻巧，所以最好用桐木；但做桌子就不会选择桐木，因为其太轻容易晃动，而且太软也易磨损。夏季衣物最好选择棉麻材质，因为要求凉爽；而冬季衣物则要避免选择棉麻材质。一切都要根据时间和物品的不同，要求恰当的触觉愉悦。若无这种愉悦，则效用就会减半。

特别是为了能够用手接触而添加的东西，例如水壶提手、茶壶把手、抽屉拉手等，这些东西或许是为了易抓握、支撑或拉伸，必须具备适当的尺寸、厚度和宽度。触觉要求在使用上述这些物品时，能让人愉悦。若搬运的盆子太重、坐垫太硬、写字的纸太粗糙，则都会违背触觉要求，从而导致与用途相悖。

然而我们并非只通过触觉来接触物品，在使用的同时也在看着它们。看起来脏兮兮或丑陋的物品会抹杀其效用，钝化其功能。与视觉相关的要素共有三个：形状、色彩和纹样，而光泽包含在色彩中。此处形状有大小、薄厚、高低的不同，色彩有色调的不同，再加之浓淡、明暗之分，纹样又有粗细和多少之别。这些要素如何组合才会更美？是否只依靠视觉就能制造出美的物品？答案当然是否定的。若不能同时与用途的功能协调一致，则无法制造出美的物品。形状主要从结构上的耐用出发进行设计，色彩主要根据材质进行搭配，纹样则多从工序角度进行考量。椅子上能看到的形状之美源于何处？那是源于适合用途的结构。漆器上能看到的色彩之美源于何处？那是源于作为涂料的漆的特性。地毯上能看到的纹样之美源于何处？那是编织手法所带来的自然结果。正是因为有了这些以用途为目的的素材和工作的必然性，制造出来的物品才会如此之美。若这种必然性缺失或是淡化，仅剩下为美而美，则工艺之美就会面临危险。

关于这一点，刺绣的历史能够给予我们意味深长的启示。刺绣的出现并不是单纯为了装饰，其原本始于衲布，而衲布则源自缝补。衣服上所能见到的刺绣多位于领口、肩部、背部、袖口、下摆等处，因为这些地方最易磨损，经常要缝补。而缝补这一实际需要则要求进行纳缝这一动作，随后逐渐发展成衲布衣服，最终演变为纹样衲布，那时已开始兼具装饰作用了，可以说那是"美的缝补"。这种必然性给予刺绣存在的理由。然而，当刺绣将用途远远抛在脑后，变成只为了刺绣的刺绣时，就成为一种多余的存在。纷繁错杂的事物反而缺乏美，这是必然的命数。仅为视觉效果而制造出的物品，难以成为真正的工艺品，因为忽视了用途。只有当视觉和用途成为一个有机体时，物品看起来才美。而一旦脱离了用途，其看起来必然是丑陋的。

在前文中我为大家讲述了感觉中的触觉和视觉是如何发挥效用的。但其实在这之中还常常夹杂着其他的感觉，听觉就不可忽视。听起来心情愉悦的声音会让使用过程更顺畅，比如抽屉抽拉的声音柔和，说明其很好用。反之若吱嘎作响，则意味着它难以使用，谁都不会觉得舒服。陶器不愿意被放在金属盆中，因为光听声音就很危险。若是木盆则可以安心放置。丝绸相互摩擦发出的澄净之音，拉隔扇门发出的平滑之音，都会给人带来内心的愉悦。在茶壶热水的滚沸声中，茶人们仿佛听到了松风之声。

嗅觉有时会对用途起到辅助作用。正蓝染的香气很有名，楠木的芳香更是闻名世界，手工织物亦可通过芳香来辨别真伪。在衣橱的抽屉中放入麝香是主妇的嗜好。

味觉很少直接与用途相关联。然而，在烟管的吸口处大量使用银器，或许就是为了不破坏味道。

仔细回看，用途归根结底是心与物的结合。当两者和谐地融为一体时，用途才会淋漓尽致地发挥其特性。这是工艺之美的保障。

我们再来以一件衣服作为实例。衣服是为了身体保暖必不可少的物品。但若只为了保暖，根本不需要纹样，颜色是清一色黑就足以。但冷热不只是单纯的物质现象，其中还深刻交织着心理作用。身体的温暖会带来心情的温暖，从而使身体更加温暖。能带给人清凉之感的物品最好看起来也很清凉。穿着舒适的衣物还会增加其作为衣服的性能。在此，衣服的材质、颜色、纹样发挥着巨大的作用。若只是为了蔽体，根本无须考虑美。但美能激发人们穿着的欲望，因此美使得衣服的性能更加完备。不仅能通过视觉感受到美，再加上手感、香气、声音等作用，美就更胜一筹。衣服会涉及所有的感官。无论在哪个国家，衣服都追求美。只有当衣服是一件美丽的衣服时，才会成为真正的衣服。丑陋的衣服很难发挥其作为衣服的所有的功能。人们尤其会将女性的衣服制作的格外美丽，因为美的衣服能更充分地展现女性特征。

在此我明确了形状、颜色以及纹样之所以存在，是因为它们都是用途的一部分。它们因立足于用途，故而存在。脱离或者背离用途的话，便失去了存在的价值。因此在工艺中，唯有源于用途的美，才会具备美的正确属性。

生活需要各种各样的物品。根据不同的需要，人们选择合适的材料，做成合适的形状。为了盖在身上而选择柔软的材料，为了能放入东西而做成纵深的样式，为了放置东西而做成平坦的样子，为了方便悬挂东西而做成弯曲的形状，这些都是为了适应需求而下了一番功夫的。要想充分发挥实用的功能，必须具备三个特性：一是耐用。既然是要使用的，就绝不能轻易坏掉、开裂、褪色或脱落，必须要结实。其能够强化物品的功能，使用途的作用得以充分发挥。但仅结实还不够。二是好用。物品必须要容易操作，否则就算再结实，若过重、过硬或不便于携带，亦无法成为好的物品。但在此基础上，若能再具备激发人们使用欲望这一特性的话就更好了。三是用起来舒心。这主要由物品颜色、纹样和形状来决定。每天与其共同生活心情愉悦，激发人们的满足与喜爱之情，只有这样的物品才能够充分发挥用途的全部功效。这其中，第一点主要是物质层面的特征，第二点是物质层面与心理层面特征的连接，第三点心理层面的特征是最明显的。上述特征和谐共存时，物品才能完全发挥其功用。换言之，物品才能彻底成为物品。因此可以说物品的正确之美源于用途。只有用途完全实现，美才是合理的。

如此一来，就会出现一个我们必须多加注意的问题。如前所述，只有对身体的效用和对心灵的效用协调一致，效用才会完全发挥其作用。假设这种协调遭到破坏，效用就无法完全发挥其作用，若效用不能完全发挥作用，则物品就不是正确的物品，故而也不可能成为美丽的物品。由此可见，物品变得丑陋，多是基于以下两个原因。

一是轻视心理层面的作用。那样的话，物品就会外形扭曲、色彩浑浊、纹样消失，成为一个毫无韵味之物。如此一来，物品就会流于粗制滥造。正如前文所述，这样会削弱物品的功能，降低其物理层面的功效。仅出于自功利心制造出来的物品，反而终结于贫乏的功利。

第二个原因恰恰与第一个相反，是忽视物质层面的用途，而一味追求心理层面的作用。但这种观念与工艺本来的意义相悖，因为其意味着对实用的否定。这些物品的通病就是过度装饰，甚至使得物品无法使用。在只制作装饰品的人们身上，这一弊端体现得尤为明显。于是这些作品最终难以成为最美的物品，它们陷入中看不中用这一矛盾的境地。我们无法将这种物品称为健全的工艺。若不健全，亦无法成为美的工艺。

若外形复杂到超出必要，纹样烦琐到令人眼花缭乱，则效用就会被瞬间扰乱。若心理层面的要求掣肘物理层面的要求，或者反过来，物理层面的要求忽视心理层面的要求，物品便无法成为正确的物品。一旦物质与心理的平衡被打破，就脱离了实用的范围。这是对功能的破坏。

因此形状、纹样和色彩，只能被允许在充分发挥效用的范围内进行设计。若干扰到效用，则应毅然舍弃。我们假设此处有盛食物的盘子。这些盘子最好避免用太多的色彩来描绘太多纹样。因为摆盘精致的食物本身就是漂亮的纹样，具有美丽的色彩。若盘子上的纹样太过抢眼，反而会扼杀了精心制作的菜肴的美丽，那么我们无法称其为实用的盘子。很多情况下，没有纹样的盘子反而看起来更美丽，因为其更好地实现了用途的功能。没有纹样，意味着没给人类留下犯错的余地。

所谓的"工艺美术"常常陷入忽视效用的错误之中而不自知，所造之物常常是无用之物。但在工艺领域，单纯为追求美而制作出的物品与为符合用途而制作出的物品相比，并没有变得更美。工艺美术总是想要脱离用途，制造满足心灵享受的物品。在他们眼中，用途是次要的，鉴赏才是目的，会使物品变得更美。但从使用这一综合功能的角度来看，仅将观赏这一面抽象出来制造物品的做法，不是自相矛盾的吗？正如前文所述，效用必须是兼具物质的效用和心灵的效用的综合体，仅将心灵剥离出来，试图从中去探索通往美的道路，其实是对效用的一种破坏。这种破坏不会使物品变美。因此只要是工艺品，忽视效用这一本质的话，是无法成为完美的作品的。工艺美术整体表现出来的弱点，就源于其对用途的轻视。仅为鉴赏的工艺不是一流的工艺。只有将其变成实用工艺，才会成为真正的工艺。而正是在效用中，才包含着看起来美的要素。若想远离用途去制造美的物品，只能是徒劳无功。那样的物品不会具有真正的美，一眼就会被看破。

可以说美存在于效用中，亦可说效用这一功能与美是一体的。为何简单朴素的东西是美的呢？因为它的形态符合其用途。为何纤弱不会产生真正的美呢？因为它不能够承受劳作。为何说健康之美才是美的归宿呢？因为那意味着它是最好的劳动者。病态之物无法实现其效用。结构之美也可以说就是强壮的体格之美。劳动者不能懒惰或沉溺于感伤之中无法自拔，也不可以不诚实或流于华丽，因为这些都是与效用相悖的。效用这一特性一旦缺失，工艺之美便毫无保障。

或许我们在此将"用"替换为"生活"更为恰当，生活是物质与精神两方面的统一体，所有的工艺都必须是生活工艺。所以生活的宽度、广度和深度，会要求生活中所使用的物品与相应的宽度、广度和深度相适合。生活与工艺不可分割。只有两者融为一体，才会形成完备的生活。因此没有健全的工艺就没有健全的生活抑或是不要求健全工艺的健全生活是不存在的。文化必须要将基础建立在这种完备的生活之上。因此也可以说作为生活的具体化表现的工艺，才是展现一国文化程度最简明的天平。

第十八章 伎俩、技术和技巧

一

"伎"和"技"两者虽具有相同的意思,但因为"伎俩""技术""技巧"这些词是近义词,所以时常会被弄混。因此很多情况下,各个概念变得模糊不清。而且因为这些词语实际具有密切的关系且相互作用,所以也难怪人们会混淆。但为了开展工作,我们必须要对这些词语的性质具有清晰的概念。这样既可以反思自己的工作内容,又有助于我们观赏眼前的物品。语言根据使用者不同,内容多少会有些许差异,为避免混淆,必须让其具有一定的客观意义。

下面通过引用例证,我想可以轻松地使读者摆脱这种混淆。假设此处有一盏抹茶的茶碗,我们引用被誉为光悦之作的带有"鹰鹰峰"名款的作品为例证。可能很多人都知道这个作品,而且我们常常能在帝室博物馆的装饰架上看到它。这盏茶碗不知最初是否在陶车上经过粗加工,总之整体都由手工捏制而成。碗身加入一道大的篦纹状纵向线条，圈足是按压而成的平滑圆环形，釉色极为素雅。这盏茶碗可以说是集伎俩、技术、技巧于一体的典范。

此处的伎俩为何物？技是技艺，亦可说是本领，还可说成是手法、能力，即所谓的技能、力量。原本艺能（art）一词指的就是伎俩（skill）。比如说为了制作茶碗，必须会转动陶车，而且还必须能进行刮削，这并非任何人都可以轻而易举完成的，而且亦非所有人都能够转的一样，这需要技艺。即使挂釉这样看似简单的操作实则也并不简单，揉土亦是同样的。技艺若不持续修炼，则无法变的精湛。也就是说制作出理想的形状、很好地拉坯等，任何时候都要依靠技艺。所以无论什么样的工匠都必须磨砺本领，而这需要日积月累。这种本领多依赖于与生俱来的才能，有灵巧之人，亦有笨拙之人，各不相同。但值得庆幸的是，人只要不断修炼就一定会达到某种高度。

然而此处我们必须注意的是，人的技艺一旦变得十分高超，就常常会滥用它，展现出如走钢丝般的技能，产生想要展示这种精湛技艺的诱惑。但这并不会产生美，反而与美背道而驰。技艺只要获得自由即可，自由应该是轻松的，若反而被这种自由禁锢的话，就会产生新的不自由，而且亦有可能会发生诸如在丑陋之物上展现出极为精湛的技艺这样的矛盾之事。这些事情我们必须注意。

茶人们想自己制作茶碗，常常进行手工制作，用乐烧技法进行烧制。但作为外行的悲哀是，由于没经过修炼，所以他们不具有技能。尝试手工制作多是出于不会使用陶车拉坯这一消极的理由。手工制品易流于敷衍。乐烧茶碗往往造型不规整，但人们会用雅致一词来加以掩饰，必须出其不意才能弥补技艺上的欠缺。而像乐烧茶碗的榜样"井户茶碗"，则毫无敷衍之处，全都是依靠堂堂正正的本领，抑或说是普通寻常的本领更为恰当。"鹰鹰峰"据说是乐烧的巅峰之作，或许也应该这么说。然而其止步于乐烧，将一切寄托在手工上，难道我们看不到什么弱点吗？乐烧与本烧相比，基本不需要很难的伎俩。其无法成为陶艺业的正道，只能算作是外行艺术。

二

其次是技术所谓何意呢？再一次回到茶碗上。什么样的黏土适合制作茶碗？黏土要如何进行处理才会焕发生机？是单色的黏土好，还是混合黏土更具强度？黏土施以什么性质的釉药合适？黏土与釉需要什么程度的火候？还有放入窑的什么位置会出现什么结果等，对这些事情我们必须要了如指掌。这种经验不是伎俩而是技术，所以技术会得到科学知识的巨大帮助。尤其是这些事情不能仅凭概念性的知识，而需要经验。可以说是经验性知识成就了技术。对工匠们来说这种学习极为重要。无论技艺多高超，若存在技术上的不成熟，则明明可以做得很好的事情也会半途而废。

所以传统对技术的助益极大。传统是长期以来很多人的经验积累。若无传统，则我们的技术就会相当落后。这世上所谓的秘传，几乎都是技术方面的事情。材料的选择、处理、制作方法和步骤、即有关手法和工序的智慧和领会是最重要的。因此所谓的技术性指的是专业性之意。外行是无法从事工艺的。所谓的业余爱好都会半途而废，不是正道。技术是成为内行之后才能熟练掌握的。只有掌握技术之人才是内行。

在此尤其要注意的是，人们即使掌握技术，亦不会即刻就创作出美的作品。技术上出色的丑陋之物有很多，比如像清朝的五彩瓷器，从技术上看极为先进，有很多事情即使是用今天的科学知识，也无法轻易探究。然而从审美的角度来看，则不能不说是技术的浪费。关于这一悲剧，工匠们不能视而不见。

三

那么，与技术不同的还有技巧。技巧指的是什么呢？"鹰鹰峰"这一有名款的光悦的茶碗就是一个很好的实例。茶碗若用陶车进行拉坯的话，会形成均匀的圆弧形碗身。但据说这样的话会缺乏景致，所以光悦在手工捏制的基础之上，加入一道大的箟纹状纵向线条，这是有意而为之的。茶碗边缘亦高低起伏，这不是技术而是技巧。圈足本来也是在陶车拉制的基础上，经过手工刮削自然形成了圆环状。但经过刮削的圈足没有了情趣，所以光悦就手工捏土压平使之成为圈足。因此形状是不规则的，这就是技巧。

虽然有讲究技巧之说，但技巧是一种策划。是为了增加风情，吸引人眼球的策划。茶器中加入这种技巧的非常多，而其原本是源于审美意识，是为了增加美感，为了使特色鲜明，即为了吸引人心而想出来的意识性创意。

既然想制作美的物品，从某种意义来说加入这种创意是理所当然的，但我们尤为要注意的是技术是由客观性事物的性质左右的，而技巧是由人类的主观思考来支配的。由于人类免不了会犯错，所以若不多加注意，技巧会成为致命伤。

"巧"字读成"たくみ"，与"拙"相对，当然有"高超"这一褒义含义，但"たくみ"也是"たくらみ"，意为策略或计谋。故而"巧"这个字也常常被用作贬义。正如巧诈、巧伪、巧滑、巧言、巧宦等词所示，有欺骗性狡技及谋略之意。有"玩弄技巧"之说，但实际上玩弄技巧就是策略太过明显反而招人厌烦。"鹰鹰峰"茶碗那道箟纹亦是如此，虽是创作的巅峰，但若没有它的话会成为更自然、普通、不让人生厌的茶碗。其对审美意识的尝试的确非比寻常，但对这种意识的性质的一无所知却算不上明智。那个圈足亦是一个亮点，但那种不自然映入眼帘，想必人们即刻就会心生厌烦。而像高丽茶碗那样的普通圈足才更本真，无论如何都更胜一筹。技巧需要谨慎。

顺带说一下在英语中，与技巧相近的词具有贬义的也有很多。Crafty,Craftious 都是巧滑之意。Artful,Arteous 等也具有贬义。而与之相反，Craftless，Artless 等词，则有无欺骗、无虚饰这样的褒义。

美不能有欺骗。走在向阳大道上的工作是最好的。

第十九章 地方性文化的价值

一

此处所说的"价值",不是经济学用语,而是在哲学上使用的意义。指的是事物的最本质属性,例如正确、美丽、好、健康等,都是满足我们理念的本质属性。将美学和伦理学称为价值学就是这个意思。我们以"这是衣服"这句话为例。这一判断不过是在对存在的事物进行描述而已,但若改成说"这是美丽的衣服",则就不再是单纯对事物存在的描述,而是断定这件衣服具有美的价值。可以说此处加入了价值问题。

近来随着民俗学的发展,格外唤起了大家对地方风俗、传统、语言等的注意。于是迄今为止常常被忽视的地方的存在,重新引起了人们的学术兴趣,这是一个值得庆祝的现象。在民俗学已卓有成就的学者不只两三个人,而且发行的著作也数量众多,可是人们对于民俗学的性质问题,尚未形成有价值的认识，仅将事实和存在的领域作为研究对象。以"稻草鞋"这一题材为例。人们关于其历史、形态、分布、材料、种类、系统等详细地做了报告，但却对这双稻草鞋是美是丑并不关心。而且即使同样涉及材料问题，但对为何这一材料产生美，又为何这种结构产生美等这些问题均未触及，可以说价值问题被排除在外了。所以民俗学的兴盛并不伴随着美学和伦理学的发展。于是地方文化的价值问题可以说至今仍几乎被忽视。

被地方工艺所吸引的我们，必然要去思考关于地方性作品的美的价值，因此我们必须要追问使这种美产生的社会性、道德性，甚至上溯到生活的本质。地方性的文化价值当然是人们更应该谈论的题材。

然而最近这一问题偶尔刺激到我们的原因是，在冲绳县学务部和我们之间围绕着国语问题所引发的争论。核心问题在于，学务部极力压制冲绳方言，要将冲绳人的语言统一改为所谓的标准话。而对此我们的立场是，在鼓励标准话的同时亦要尊重冲绳话的价值。这一问题虽不过是关于语言的问题，但我们更为看重的一点是对地方性文化价值的认识。我们主张无论是语言还是生活、风俗、道德或是技艺，都有因地方性而产生的巨大价值。通过与城市的对比，我们或许更会轻而易举地认识到这件事。我们的主张是随着都市生活的发展，人们同时必须要认识到地方性的价值，因为地方必须被视为文化价值的丰富宝藏。

二

在东京出生、长大，喜欢东京的我常常会这样反思道：这样的生活可好？讲述都市所具有的种种特权反而是易如反掌之事。可以说都市反映了一个国家的文化的程度。特别是东京是日本的中心，对新事物的动向，没有比这里更刺激、更活跃的地方了，而且东京影响力巨大，在所有的文化领域成为日本的生命中枢，这一点不言而喻。东京不仅是政治中心，我们会发现其在学问技艺上、语言上，还有风俗上，也几乎都走在最前沿，其现在正要发展成为世界标准。东京总是在前进，恐怕这种迅速的变化，即使在全世界同类城市中也是罕见的。回顾这半个世纪的历史，感觉城市街道的外貌、生活的内容几乎都发生了翻天覆地的变化。

而眺望以惊人的力量和速度前进的都市生活，我们有必要去反思到底是什么取得了进步，取得了多大的进步，因为前进未必就意味着进步。都市无论是好是坏都在前进。若有错误之处，则意味着这种前进等于倒退。我特别注意到城市生活的两个缺陷。第一是价值量变得极度匮乏。我们不可否认的是丢失了真正的正确之物、美的事物、健康之物。第二是日本特性变弱，很多事物是对外国的模仿。那对我们帮助颇多，但却有太多不必要的模仿。我举一个浅显的例子来让大家看一下实际情况。

三

都市的风俗令人向往。来往于银座的女性们的和服，被认为是世间美丽的事物。然而了解染织实情的人却非常清楚，她们穿的大部分是假货。与过去的和服相比，材料远远落后。染料已不是本染[1]，用的只是敷衍了事的便利品而已。而且色调的低劣也是史无前例。因为是用机器织的所以总是冷冰冰的。无论看起来如何华贵，今后也不会被摆放在美术馆中用来讲述日本的荣光。生产它的机器、工厂、组织、资本等，与过去相比有所进步，但生产出来的物品结果却很悲惨。它们都是商业主义的牺牲品，都不过是为了利益而被制造出来的。实用无论如何也不会成为首要的夙愿。那里即使有生产的经济，却没有道德。在这种情况下，如何能生产出正确、美丽的物品呢？在人们眼中，都市女性们现在穿的和服几乎都是敷衍之物。若从审美价值的角度去品鉴这些物品，能挑选出的有价值之物恐难足一成。仅有少数的风流雅士用高价订购了真货。染织的世界发展惊人，但那只是变化而非进步。我们感觉到现在制造出来的东西与过去相比是多么的相形见绌。女性们在无

---

[1] 本染：指由靛蓝的蓝草不经过人工加热，而是经自然发酵所形成的一种天然染料。

意识的状态下，得意扬扬地穿着这种低俗之物。

假设我们离开银座，来到遥远的孤岛那霸，又会是另一番场景。生活在这片土地上的跟不上文化潮流的女性们，竟无意识地将精美的和服用于日常穿着。她们的和服的质量、织、染以及纹样方面若有丑陋之处，也仅限于模仿东京之处。一旦回到在冲绳土生土长的和服的话，则皆是正确、美丽且健康的。她们的和服即使立即被陈列在美术馆里也无可厚非。那是被人们轻视为落后的手工纺线、手工织布和本染的工作，都诞生于小家庭作坊，一切都远离新鲜事物。她们没有追赶时代的潮流，往往只专注于历史的停顿，有时甚至还会回溯从前。而一旦用价值标准来衡量时，她们的地位之高是无可撼动的。比起奢华的银座的女性们，贫穷的冲绳的女性们穿着更正确更美丽的和服。我们该如何看待这一惊人的矛盾呢？

从极简单的座机[1]到极复杂的织机，技术手段上确实是进步的，但制造出来的物品在美的方面却是退步的。因为它们并没有展示出比以前的物品更美更健康的一面。知识上取得了胜利，但价值上却是失败的。我们应该将文化局限于这种矛盾吗？

在此我以最近大家热议的人造棉为例来进行说明，我认为是极为恰当的。因为人造棉的劣质性任何人都经历过。

---

[1] 座机：织工低坐在地面或地板上织布的原始手织机。

这种新纤维的发现和工业化意味着近代科学的显著进步，那是致力于开拓新材料的科学家和实业家们不懈努力的结果。然而一旦将这种进步带到价值标准面前时，我们难道真的可以说它是比传统棉花更先进的纤维吗？若我们认可其进步之名，则人造棉必须在任何意义上都展示出超越棉花的性质。

然而对于这种价值的软弱性的磋怨之声由来已久。科学家通过发明人造棉为纤维增添了一笔历史，但我们不能认为人造棉提升了纤维的价值。发明是一种进步，甚至是一种飞跃。然而与棉花相比，人造棉却免不了受到后退的指责。我们的科学应该实现的是进步和改善，这些内容中当然应该包含价值方面的发展。无论是科学家还是实业家，都无视价值的世界。机器在价值面前力量还很微弱。机器为我们提供了诸多的便利条件，但这种便利却是以牺牲众多价值为代价的，这一罪责我们不能饶恕。

不仅是在染织的世界，从城市的百货店中选择真正美丽的东西也几乎是徒劳。都市文化的兴起是一种力量，但却无法遮掩其内容的贫乏。城市的流行事物从本质上看不过是空虚之物，这一点想必很多人都意识到了。那是一种微不足道的变化。流行若与价值相伴是最好不过的，但在现在的社会情况下这却是近乎无望的希望。

关于审美价值以外的价值，我无须赘述。可以说城市生活在道德价值方面有很多缺陷是一个常识。一个国家的犯罪大部分集中在城市，这与人口密度有一定原因。但不可否认，城市文化自身性质的原因占到很大方面。都市人是个人主义者，很多丑陋的竞争在这里进行着，善良之人甚至看似都会败给生活，于是这里成为所有病态之物的中心。精神疾病、肉体疾病，这些代表性的实例往往都是由城市人提供的。

四

城市文化代言了这个时代和民族的生活。因此人们往往认为城市文化能够反映出这个国家最高的文化程度。最新的事物就是最出色的事物，这种观点容易在人的头脑中扎根。实际在很多方面，我们能够在城市文化中发现最精炼的事物。但不幸的是，其往往没有与价值结合在一起。

城市所保留的文化方向基本上是国际化，所有国家的文化都被城市所吸收，特别是交通运输的发达，使这件事变得很轻而易举。所以城市风貌常常体现出国际化氛围，但与此同时，这也意味着失去了民族特性。

我们再次以作为东京中心地的繁华的银座为例。在那里我们可以亲眼看到新时代的生活。可在那里看到的日本的状态，是日本自身的状态吗？答案是否定的。银座带有浓厚的国际化色彩，特别是在毫无顾忌地引入欧美文化之后的日本，可以说是半欧美化的城市。若从好的方面来理解，世界的日本在这里。但来日本参观的世界各国的人们在银座却不由得感到失望。因为那里是最缺乏日本民族特性的地方。从建筑物、风俗到店面装饰以及陈列的各种物品，大部分都是西洋风格的。退一步说即使银座具有近代日本的特色，亦无法说是日本的巨大荣光，因为这暴露出了其自身不堪外界影响的弱点。从好的方面来理解，也可以说这是提升为顺应世界的国际化模式。但其只是一种他律性的存在。东京虽然能反映出日本，但那不是唯一的日本，亦非日本的真正状态。东京和上海我们看不到太大差异，甚至某些地方与伦敦、纽约、柏林、巴黎相比，亦大同小异。欧美人来东京发现，新的日本生活模式绝非日本式的生活。这种非日式的新生活，欧美人自身在本国就已经经历够了，所以他们会感觉东京就犹如低俗次等的西方。他们无法饶恕出现这种毫无顾忌的欧美翻版。也许有人能从毫不犹豫地接受世界事物这件事中看到日本的进步性，但却难以将其看作是值得赞美的状态，因为其不外乎就是依靠外界营养的特殊时代。若日本只有东京，则日本最终会成为一个他律性、模仿性的存在。它一方面展现出最具活力的日本风貌，而另一方面却是日本式事物最压抑的状态。从好的一面可以说这带有普遍性，但反过来说则是缺乏特殊性，这是一个无法掩盖的事实。城市具有普遍性的意义，但日本特性的缺失剥夺了城市的独特性。整个日本都变得如东京一般，对日本来说是不光彩的。

城市毫不留情地前进，这甚至成为一种趋势。但其拥有了怎样的价值标准？又在哪里充分展现出了日本特色呢？

五

在日本难道就没有能让我们断言"日本在这里"的东西吗？就没有什么具有卓越价值的东西吗？城市对此贡献极少。但幸运的是，地方俨然出现在我们面前。地方作为偏僻之地而黯然神伤，但就在这被视为文化滞后的偏远地方，日本的存在却是最鲜明的。这就是不可思议的命数。就像那被雪覆盖的东北，还有被太阳炙烤的琉球，就是最贴切的实例。

人们普遍认为农村是文化落后之地。交通的不便、保守的民风使农村生活远离了现代的进步，继而导致了文化的停滞和退步。特别其是远离政治和经济中心，意味着各种设施的不完善。而且人口少，经济力弱，所有的一切都落后。城市的人们常用轻蔑的眼光来看他们，那是因为地方人民无法触及文化的前沿。"乡土气息"一词就代表了描述地方的所有形容词。那里被看作是俗气愚昧之地。

实际上因为地方生活以农业为本，所以很少接触政治、商业和学术领域，因此地方是远离国际潮流的存在。其性质顽固，往往过于正直，前进方式迟缓，有时止步不前，有时甚至退步。地方与都市相比，很少有机会沐浴新时势的恩泽，所以被评价为落后是有充分理由的。

可是地方在所有方面都逊色吗？虽然那里的人们自身大多不知道，但他们的生活、信心、本能、习惯、技术、语言等，都触及了让人震惊的丰富的价值世界，充分展现了城市所无法展现的东西。他们没有疾速前进，但却迈着诚实的脚步。他们没有华丽的服饰，但却保持着自身特有的风俗。他们缺乏科学知识，但却具有笃实的信心。他们不具有敏锐的文学素养，但却有朴实的表现力。虽然文化发展迟缓，但种种真诚、正确、美丽之物，却包含在他们的生活、技巧、打扮和语言中。与夸耀新奇，自诩进步的城市相比，我们会发现逊色之物众多，但胜出之物亦数不胜数。

农村的道德更诚实、更质朴。城市的人们变得极为狡猾。农村的生活更和谐，与城市人的个性化的且常常利己的生活方式截然不同。农村百姓的身体更健康，与沐浴先进文化的有不健康的精神和疾病的城市人有着天壤之别。土著工艺岂非更美？因为在这里制作的道德被得以很好地保留至今，而那些有太多欺骗的城市之物是何等逊色。看上去美的东西只是徒有其表。只有地方的人们才更能展现出强烈的日本特色。他们不依附外国，保持着地方传统，坚守着民族的生活习性。他们亦有很多弱点。但在城市不断失去的东西上，地方却反而看上去更加熠熠生辉。虽说地方落后，但毋宁说只是形式上而已，在质量上，地方具有极为丰富的价值世界。

他们对于美的本能还在。当立足于自身的传统时，他们绝不会犯错误。他们不知道新的文化潮流，因此很少依靠科学力量。而在他们的背后有当地的自然力量参与，有祖先的智慧助其一臂之力，而且当地的淳朴民风很好地保持了制作的道德。在这种环境中，他们的心动了，手亦开始行动起来。但城市的风气并非如此。人类的智慧要驾驭自然，近代的知识抛开了祖先的经验，在利润面前，甚至连道德都要牺牲。通过这些对比，事物的性质被明确区分。不可否认的是，地方的农民在价值深度上具有极为丰富的内涵。

六

我前些日子一直在琉球旅行，然后转战访问了东北的六个县，在那些地方，我看到了许多纯粹的手工艺品。我能够清楚地看到，通过传统工艺制作出来的这些作品是何其美丽，何其正确，至今仍充分保留着日本特色。

比如说冲绳的芭蕉布，在此必须将在外来指导者的指导下制作出的芭蕉布排除在外。我们在当地人自己制作的布中寻找丑陋之物是白费力气。这必然会让我们联想到在城市的百货店中发现真正正确的物品是何等困难。布的制作者不过是村里的女人们。她们对何为美不甚了解，却从未犯过错误。在织、染、纹样方面，都展示出了极为出色的效果。而与之相比，为何有科学帮助的工作在结果上却很贫乏呢？

我再举一个东北蓑衣的例子。奥羽[1]是世上美丽蓑衣的产地。很多日本人并不知道它的存在。其往往被看作是无聊的农民之物。但它却常常向我们讲述日本技术的卓越一面。其在材料、编制方法、纹样、色调上几乎无可非议，而且它的美并没有远离实用性。蓑衣与城市生活没有直接的必然联系，但在此我们能够学到很多关于工艺的本质和美的法则。可是我们能够从城市的服饰上汲取多少与美的价值有关的真理呢？这些蓑衣全都是地方产物。而且正因为是地方产物，所以才能够真实地反映日本的存在。

想要密切关注日本必须深入乡村。因为在那里俨然有日本的存在。日本若失去地方文化，亦就失去了所有能代表日本的特色之物。地方才是保有、建设日本特色之物的宝贵单位。具有纯正日本血统的物品，只有在地方才能发现。在那里民众很好地支持日本特色之物。人们或许会称之为落后时代之物，甚至可能有人会指出，在这样的日本中是无法发现新的日本的。但我们还应该让真正的日本依靠外国吗？吸收外来之物的时期已然成为过往。反思日本

---

[1] 奥羽：奥陆国和出羽国。日本现在的东北地区。

特有之物的时期即将到来。现如今，应当在日本特有之物的基础上对日本进行重建的时代已经到来。今后在学习国外这件事上亦不能懈怠，但在学习日本特有文化这件事上要更加勤奋。我们在对文化进行国际化拓展的同时，也必须加深其民族化。当我们进行这种反思之时，地方文化的价值意义就会瞬间得以升华。我们会发现被我们视为落后的地方文化，却具有都市的我们所无法企及的力量。其具有两个巨大的财富。一个是地方文化拥有丰富的价值量，另一个是从那里我们确实能看到日本特有性。

　　城市是疾速前进的。但必须反思的是与地方相比，落后之处很多。对于文化的健全发展，地方做出的贡献极为巨大。我们必须进一步认识到它的意义。可以说对此事的反思才是城市人的巨大使命。城市文化必须经常从地方文化中汲取特有之物、纯正之物、可靠之物。当文化认识仅集中在城市时，文化就走上了变异之路。没有对地方文化价值的认识，国家则无法实现健康发展。

第二十章 民艺运动的贡献

这件事如今被看作是一项运动，但在最初我们并非是有意而为之的。我们也没有在一开始就构建主义，然后用这一尺度去看事物、评判美。我们的出发点单纯得令人吃惊，实际上最初完全不具备任何成形的理论基础。我们只是直观地看，然后感到惊讶，而事情就由此开始了。我们现在回头看，就会感受到从直观出发是幸福的。在知道之前看到，我认为这是最正确的开始。因为直观特别纯粹，其伴随着坚定的信念。因为是用眼睛直接看到的，所以与通过知识间接地观察不同。我们的工作不是主义的运动，而是信仰的运动，是依靠信念的主张。我们环顾四周会发现在造型的领域中，这种确信的作用的独特性并未被充分考虑到。这一弱点是由于在观察之前先让知识发挥作用所导致的。

那么我们是先用眼睛去直接感受真正的美，然后再去反思这种美为何物。那时我们才意识到，我们看到并感到美的大多数物品，与原来人们所赞美的物品具有不同的质量和领域。所以我们如实地叙述了这些物品所具有的美的性质和价值。而且由于尚未有统称此类物品的词语，我们不得已创造了"民艺"一词，尽量使其意义明确。我们对用眼睛看到的事物进行反思，并逐渐进行思想的整理，如此构建起来的就是我们的民艺理论，也就是将直观的事实进行理性归纳，以期让所有人都能够理解，然后直到人们认识到我们这一立场的意义后，再逐渐作为运动而展开。人们普遍认为我们此前所遭受到的毁誉褒贬，是因为我们的所见所说在各方面都迫使原有标准发生价值颠覆。有些人视其为理所当然的革新，而有些人则视其为鲁莽的偏见。然而直观的判断不可改变，工作的信念不会动摇。真理总是在最后才见分晓。近年来我们的朋友迅速增多，影响范围也不断扩大。

想来我们的出发点是基于极为纯粹的直观事实，这亦为我们带来了另一个幸福，那就是丝毫没有受到外来思想所影响这一事实。对民艺的认识及理论，即使在欧美也尚未有显著发展。第一，没有相当于"民艺"的词，也没有之后叙述的"工艺性"这一措辞。我们为外国人使用的"Folk-crafts""Crafttistic"等词汇，也是日语的生硬英译，所以在英语字典里中还没有，这也是迫切需要创造的新词。虽然在法语中有"Art Populaire"，德语中有"Volkskunst"，英语中有"Folk-art, Peasant-art"等词汇，但那只是对涉及民众生活的各种艺能的总称，仅停留在对现有各种事物的记述性研究上，很少进一步触及价值问题。因此想要在这一领域的美中，寻求审美评论的基础，找出规范，以此来修正原有的美学和美术史的这一思想还尚未成熟。或许是因为这一原因，与其民俗学相似的叙述很多，然而民艺论应该是规范的价值论。

纵观日本近来的美学和艺术论，我们会发现几乎都是西方流派的，由此可知其影响是何其巨大。虽说由此带来的好处不少，但损失也很多。为何日本人不能开拓全新的日本自身的美学呢？想来是由于没有扎根于东洋美的体验，而只想依托西方流派的学问性知识去构建自己的观点的缘故，但想要通过知识去进行观察的立场存在着很大缺陷。我们若能站在更直观的立场，就不用原封不动地沿袭西方流派的思考方法了。这样就能够更权威地披露作为日本人的看法。但遗憾的是，近年来的很多艺术论都是西方的翻版。

幸运的是，民艺论始终都是用眼睛去直接观察的，因此是基于日本自身所产生的认识之上的。民艺运动不是借鉴物，更不是复制物。过去的茶人们从事的就是这样一项独特的工作。他们的功绩在于使茶道源于他们自身的直观体验。茶道之所以在其他国家没有，原因就在于此。只是他们是茶人而不是学者，所以几乎没有触及真理问题。因为只停留在边看边体验的境界，故而未进入知识的世界。

而作为意识时代赋予我们的特权，我们有用理智进一步去整理直观的使命。为了实现这一使命，我们主张民艺论。而民艺运动则致力于实现这一主张。比起初期茶人们，我们看到了更多的事物。于是我们想要将神秘之美从茶室中移出来，然后进一步将其移到学园、作坊、店铺、起居室和厨房等处。我们希望这一运动能够在日本取得巨大成功。回顾这项工作，我们作为日本国民的自豪感油然而生。

那么迄今为止，民艺运动有何贡献呢？

一

虽然有形形色色的派生之物，但从思想上来看，人们普遍认为民艺运动其根本性的贡献有三个。所谓根本性，是指要求伴随着价值颠覆的革新。同时，这也展现了民艺运动最具独创性的一面。所谓的独创性，指的是完全由日本自身产生的全新运动。这三个贡献分别是什么呢？

第一，是对过去被忽视的民艺品的美的价值的全新认识。

第二，是对何种性质能够成为美的最恰当的标准的确定。

第三，是"工艺化"这一新概念的创立并由此确立了美的评判基础。

以上是在思想方面的开拓。而作为具体工作，则主要由四方面构成。

第一，是日本民艺馆的设立及其对外开放。正如大家所知，这是我国目前唯一的一座此类设施。

第二，是关于日本地方性传统工艺的现状调查以及实物收集。这种全面性的工作尚未有他人曾尝试过。

第三，是对现存地方民艺的振兴和发展的援助。以及个体创作者与工匠们的协作。这些都是生产方面的活动。

第四，是在言论方面，通过机关杂志和单行本阐明了这一运动的意义。而且努力将这些书籍册子作为工艺品提供给读者。

关于以上提出的诸项，我将尽可能简洁明了地依次阐述其含义。

二

过去"民艺"一词是根本不存在的，亦无人对这一领域做过明确地考察。第一，民众被认为是平庸的，实用品被看成是低档之物。廉价常常意味着贫贱的性质，这种联想将民用器具从人们的视野中驱逐出去。更何况也没有人承认其具有重要的美学价值。但我们却从这些被抛弃的器具中看到了积极的美。如前文所述，"民艺"是我们根据需要思考出的新词，是"民众的工艺"的省略语。因为我们看到了民与美之间有着深厚的结缘。

过去在使用"杂器之美"一词时，我们不知遭到了多少轻蔑和嘲弄。一定有很多人认为这是出格的想法。过去人们基本认为只有所有的贵族的和鉴赏性的作品才具有很高的价值。然而我们要指出的一个事实是，在那些领域真正美的物品反而很少，而在一直被轻视的民众的实用品中，美的物品却很多。因此对于民艺的认识是对原有看法的一种挑战，迫使人们的价值观发生颠覆。从这个意义上来说，其标志着造型美学上的一次革命，即比起一直被重视的领域，我们在被忽视的领域中反而能发现重要的美学价值。下面我阐述一下为何民用器具会与美结缘。

很多人指责说这是一种偏见，但遗憾的是这种评论不是基于直观而进行的。这不过是在没有观察事物或无法观察事物的情况下就做出的论述而已。而与之相反，对观察者来说，将其理解为接近常识的事实。只是他们至今对直率地发言还很犹豫，这恐怕是因为周围的因袭势力太强的缘故。

当然我们并不主张只有民艺品中才有美（粗俗的批判家或许常常那么认为）。我们只是想明确并强调以下两点。

一是我们断定了一个事实，即在实用性民艺品中，能发现美的物品的概率极高。而与之相反，在鉴赏性作品中，这一概率却反而很低。这一结果表明在工艺领域，比起有名款的作品，美的物品在无名款的作品中的出现的概率要高得多。

二是我们得到了一个启示，即在非民艺领域中发现的美的物品，基本上都具有简朴的性质。这与使民艺品变美所遵循的法则是一样的。

由此可知，实用、生活、劳动、民众，还有简朴等这些性质，与美有着极深的关联，而且这些性质也是使美得以确定的基础。正是这些事实决定了理解民艺对于理解美本身是很重要的。其归根结底在于"民"与"美"之间有着很深的潜在关联。这是民艺理论的出发点，也是独特的见解。过去没有人主张积极地阐明这一真理。

三

无论是否是民艺品，被视为具有真正之美的所有作品具有什么共同的特性？被认为最美的作品展现出了怎样的性质？我们应该通过这种追求来规定美的标准。那么我们从经验和观察中归纳出来的是什么呢？我们将其称为"健康之美"或"正常之美"。

眨眼望去不过是极为平凡的概念而已，抑或说是任何人都有的常识，但我们对这些概念不能浅尝辄止。所谓的健康不仅意味着肉体的结实，其不是与弱相对的强，而是寻常之物，是事物的本来面目。这种境界的深度在禅的语录里说得极好，即所谓的"无事"和"无难"的可贵，在美的世界里也必须得到认可。我们喜欢使用"健康"一词的目的，就是想传递这一信息。

　　健康即自然，亦可说是自然的意志本身。因此不可能有比健康更正确的性质了。"无事"就是这个意思。健康是尚未扭曲的本来面目。因此也是纯朴、无拘无束、自由无障碍的状态。也可以称之为"无造作之态"。真宗喜欢使用"法尔"一词，指的是遵循法则的本然之态。即使美有万象，但最终也没有超越无碍性质的美。而有人指出这种美在民艺的领域中得以最自然丰富地显现出来。很多的圣人喜欢将知识贫乏的民众作为对象，是因为在他们身上能够看到未被损坏的自然之心。真宗将笃信的普通信徒称为"妙好人"，而在民艺品中可称作"妙好品"的性质也很浓厚。

　　所有的作品必须使我们的生活变得寻常、健全。由此可知只有正常之美才是美的基准。这一标准往往意味着对病态的、变态的近代美的根本性修正。天才往往是异常之人，这是近代难以逃避的命运。可是比起异常，正常必须是更高的理念。不幸的是，这种健康、寻常的标准在很长一段时间里，仅被理解为极为普通的一般观念，因此其内容都是极浅显的常识性理解。如此一来或许是觉得平凡，没有人在美的领域积极地阐述这一标准的价值。禅僧曾睿智地道出"平常心"的深刻含义，对美而言，"平常美"亦是其归趣。

　　我要再次说明此处的"平常""无事"等观念，不能仅将其看成是异常、病态的对立面,那并不是相对的性质。真正的寻常之物必然具有其根本性质,不与绝对性事物相结合就没有正常美。这样一来,我们就不能考虑比正常美更深刻的美了,至少最深刻的美必须是正常的。这是民艺美学的根本理念。而这一标准必须是将来判断何为美的依据。明确这一原理正是民艺运动的第二大贡献。

我认为此处应该补充的是,这种健康、正常之美,必然与简单、质朴、纯真、自由等相结合。复杂、造作、不自由等,难以使美变得健全。价格低廉的民艺品大多都成为具有丰富的美的民艺品是必然的结果。奢华的贵族品难以保持真正的美,因为其往往易造作、很难进入无事的境界。民艺论归根结底可以说是正常的审美论。健康作为美的要素被人们重视就是这一缘故。民艺可以说是"Normal art"。这里的"art",并不取其"fine art",即"美术"之意,而是指正常的技艺。

四

到了近代,"美术与工艺"一词被频繁使用。只是美术和工艺这两者不仅被区分开来,这一词还常常被人们默认为美术地位高而工艺地位低。其证据就是,比起"工艺家",工艺创作者更喜欢自诩为"工艺美术家"。当物品美的时候,我们就会认为其是"美术性的"。美术性的物品几乎都是美的东西。此种情况下，没有人会说因为是"工艺性的"所以美。西方人也喜欢而使用"美术性的"这一词，而不使用"工艺性的"这一形容词。如此一来，所有的人都想将"工艺"提升为"美术"。而民艺运动却要求将这种价值观完全颠倒过来。于是使用"工艺性的""工艺性地""工艺性事物"这三个形容词、副词、名词，要以此来树立对美的新看法。

在此我简短地阐述一下美术与工艺的差异，以便读者能够容易理解。个人意识的抬头促进了美术的产生。其独立明显需要两个基础，第一是以个人为中心的立场，将美作为自由的个性化表现来追求，从而体现其价值的独创性。第二是因为实用是一种束缚，而美术所寻求的是纯粹之美，因此鉴赏性是美术性的一个特点，其是为了欣赏而不是为了使用。简言之，具有独创性的个人为了鉴赏而创作出的作品，就是美术的特性。所以人们将原本非个人的实用性工艺置于极低的位置，认为美的事物必然要带有美术性。由此势必会带来两个显著的结果：一个是美被天才独占，脱离了大众；另一个是美脱离了现实生活，远离了用途。

而民艺运动却对此提出了抗议，并强调了以下两点。

事物真正变美，是当其具有工艺性而非美术性之时。在此超越个性之美得到重视，这一点不言而喻。民众的意义从而得以极大地显现出来。

只有从美术文化转为工艺文化的发展，才是未来的必然方向。此处的工艺文化是美与生活结合的产物。因此用途具有重要的意义。

重视美术界，是源于个人主义时代的风潮。因此非个人的，或是超越个性的作品，都被认为是缺少美的作品。但直观对此认可吗？我们并不否认个性美。但比起"个"之美，我们更应该看到"公"之美的深刻性。因此比起活在"个"中的"美术美"，人们更应该重视活在"公"中的"工艺美"的意义。而所谓的美术作品，当其成熟为深层之美时，也必然会变成公众之美，即工艺之态。"个"与"公"结合在了一起。抑或可以将其称为法之美、纹样之美。工艺的本质常常是公众性的。因公而求法，因入法而成熟为纹样。因此无论是绘画，还是雕刻，真正美的作品必然具有工艺之美，若是如此会越来越美。所以作品的美与工艺性之间潜在着深厚的结缘。这是民艺美学提示的新真理。

我们知道并非只有天才才能产生美。在出自无名的工匠之手的实用性物品中，我们看到了不计其数的美的物品。为何这会成为可能呢？因为与个性无缘的他们却幸运地活在传统里。传统是国民智慧和经验的积累，与日俱增。传统之美是"公"之美。很多工匠对此是虔诚的。这说明他们的工作是建立在他力的基础之上的。依靠自力的天才之道，不是通往美的唯一途径。还有一条他力之道，能将民众安全引领到美的港湾。我们知道不仅在宗教上，在这里也有圣道、净土两个门派。美的世界中他力之道的阐明，也是民艺美学为这个世界做出的一个显著贡献。

我们继续阐明了"用"是如何将美的性质变成现实的，阐述了若所见之物是美的，则所用之物会更美的原因。通过物品告诉了我们为何前者易患病，而后者却易保持健康。符合生活才能为美提供坚实的基础，只有生活才是美的大地。美只有深深扎根于生活，才能健康茁壮地成长。

在此我们再来了解一下美与劳动具有何其密切的关系。只有劳动的喜悦才是美的源泉。我们应该承认工匠们的劳动具有更积极的意义。认为美只是无拘束的兴趣所然，不过是片面的看法而已。我们必须明白，为何被称作不自由的实用性以及硬性的劳动，反而能成为真实之美的基础。健全之美发源于对这些性质的深入理解。

美术之美在个人主义时代完成了其使命，而历史是前进的。个人的价值即使没有改变，也必须从个人主义中脱离开来。人类现在要求更公众性的协调之美，与之相符的正是工艺文化。未来所有的创作者都必须要摆脱个人意识，而活在社会意识中。这种趋势不是对美术的否定，而是新的发展。美术若要变得更美，必须具有工艺的性质。美术应该成熟为工艺。事物的美与工艺性有着本质性的联系。这一真理过去没人敢说，那是因为严重的个人主义始终主宰着时代，而如今需要的是工艺文化的时代，因此对"工艺性事物"的理解，才是对美的本质理解的关键。这或许也是民艺美论的独特见解。

五

以上主要是关于价值问题在思想方面的贡献。而对我国助益极大的具体贡献则有两个。一个是财团法人"日本民艺馆"的设立；另一个是对日本现存的传统民艺的调查及收集。

民艺论不是单纯的抽象论，所以民艺馆始终都是基于事实基础上，对理论进行最简明地阐释。我们这项工作计划的第一个重点，就是通过物品自身来展现什么是美。从过去和现在的物品中挑选出明确的实例，可以说是用合适的物品来提示美的标准。拥有这样的具体场馆设施，将会对民艺运动的发展产生极大的助力作用。参观者通过观察会感受到民艺的价值是毋庸置疑的。

因此在民艺馆中物品的取舍是很严格的。其并不是将物品杂乱无章地陈列出来，而常常是根据一定的看法来进行统一整理的。具有这种特性的美术馆，此前没有在任何地方做过尝试。因为一般情况下，目标的定位是多方向的，或是美术性的，或是历史性的，或是民俗性的，或是技术性的等。所以缺乏一定的基准，物品也错综复杂。而与之相对，民艺馆的最大特色就是常常以美的价值为中心，而不受有名无名的左右，不被新旧所束缚，亦不受价格高低的制约。在这里陈列的只有真正美的物品。正如前文所叙述，其价值标准是建立在健康的正常性之上的。

在所选的展品中，民艺品占据了大多数。这是因为在这一领域显示出了极为丰富的正常美。当然展品的选择涉及造型的所有领域，大部分都是本国之物，再加上朝鲜，还有中国、南洋以及西方的物品也多少也有所涉及。这些展品恐怕九成都是过去没有在任何美术馆展出过的。因此可以说这是最具有明确存在理由的美术馆。

而且在陈列时，我们特别注意对物品的美尽量做到如实讲述。大家或许都能感受到，陈列本身就是一门技艺，其好坏会左右美术馆的价值。我们可以将民艺馆全馆看作是一个统一的作品，所以参观者在此能够最简明且最形象化地学习到应该将什么作为美的标准。从这个意义上来说，民艺馆是一个新的创作。现在回过头来看，我认为民艺馆的开馆是对祖国的巨大贡献。

在此我想简短地补充说明的是，正如民艺馆所给予的启示，我们的运动常常以"物"为中心而展开的。所谓的"物"指的是"具体的事物"，是以此类"物"为主，以"事"为辅。所谓的"事"，指的是"抽象的事情"。当然这两者就如表里般必须互相依存，但无论以哪个为中心，工作都会有分工。由此可知民艺学和民俗学各自承担的领域是不同的。民俗学虽然同样以"物"为研究对象，但主要研究其变迁、分布、种类等内容。而民艺学的主要研究对象则为"物"所具有的价值内容。所以"物"为主，"事"为辅。即首先要仔细思考"物"具有多大的美学价值。我们不陈列丑陋之物，因为民艺运动中直观是最为重要的。而对于"事"的所有知识性的整理，则是计划在其直观的选择之后进行的。以"物"为开端，"事"为其次就是这个意思。如前文所述，在此我们了解了民艺学是价值学，而民俗学则属于记述学的原因。

六

第二个具体的工作，是对现存日本固有的传统手工艺的调查。同时计划收集各种具有代表性的物品。

在日本有个人创作的工艺美术，有专注出口贸易的工艺，还有批量生产的机械工艺等很多种类。但作为国家首要考虑的，还是分散在各个地方的传统手工艺。其不仅是日本固有之物，其中很多还是适合生活的健康的实用品，所以当然是国家本身应该保护和资助之物。在那里我们会发现很多应该成为或者可能成为未来日本工艺的基础之物。但社会情况的疾速变迁、经济的不安定使这些物品的存在陷入危机。因此对日本来说，当务之急的任务是：

是对现在日本保有多少健全的固有民艺的调查。

是对哪些地方还保留着怎样的传统技术的探索。

若不进行这些调查的话，就无法为日本工艺的未来指明方向。我们能够由此知道在什么地方又有什么值得夸赞的好作品产生，还能了解材料的种类和性质、识别技术的好坏并弄清地理分布的状态，更能学到什么样的劳动形态适合创造健康之作。

但不可思议且又不幸的是，国家至今并未进行这些调查，而且基本不太重视地方工艺的意义，与此相关的当局者几乎都漠不关心，所以对此近乎无知的状态。但若不充分利用现有的地方特色，以及其技法和经济，又如何能使未来的工艺得到发展呢？若轻视传统的基础的话，任何工作都会很危险。我认为对各地有特色的传统工艺进行调查，才是当务之急。

日本的历史悠久，其间孕育的传统是深远的，我们不应该浪费它。不可思议的是，很多日本人并不熟知自己的国家现在有什么样的出色之物。我们在收集陈列这些物品时，大部分人都诧异地观望并在心里默问："这样的物品产于日本何处？"并且推断出这不是现在的物品。这说明他们对于日本固有的传统工艺的现状不甚了解。

对这些物品的调查和收集工作已有十五载。因为是从未涉及的领域，所以极为艰难，能够参考的文献甚少。很多情况下都只能自己亲自挥锄耕地。旅途从北到南，如今基本能了解大概情况，终于可以制作出地图了。当然调查中有粗有细，且尚有未调查之处，要说完成还为时尚早。在日新月异的今天，很多事物不断被废弃。我认为这项研究才是国家为了自身的名誉应该率先进行的。在这种意识仍很淡薄的今天，我们应该代为肩负起这一重要任务。幸运的是，我们的调查弄清楚了现在的日本还仍然盛产出很多健全的物品，很好地保留了传统的技术和诚实的工作。这项工作将作为民艺运动留下的有意义的痕迹，未来总有一天会被回忆和感谢。

七

我要继续补充说明的是关于新的制作运动。很遗憾，我们对这一工作会取得丰硕的成果并不抱有信心。这是因为在我们所面临的问题中，实际上这是最困难的领域。生产往往不仅是经济问题，也是社会问题和道德问题，当然不用说还是艺术问题。由于这些诸多因素交错在一起，所以工作并不简单。过去人们在两方面尝试了生产。

一是对原有的传统性地方工艺的维持和发展。不仅要充分利用由原有的技术及材料制作而成的物品，而且还要促成人们按照适应现代用途的新发展方向展开制作。

二是能够理解和尊敬民艺的个体创作者的制作。这将为未来的民艺提供范本。为了挽救现在实用工艺的衰退，我们最希望的就是个体创作者与工匠的协同合作。这是个体创作者的新使命。个体创作者必须与工匠协作完成自己的工作。

我们的意图不仅是回顾过去的作品和调查现存的作品，还要进一步为未来创作正确作品做好准备，并着手使之实现。这一计划当然必须立足于各地方的传统性和固有性基础之上。

这些工作当然应该由工艺指导所以及各县的工业试验所等公共机构身先士卒。另外各个城市的物品陈列所，应该进一步拓宽富有地方特色的物品的销路。然而事与愿违，当局的指导至今有很多都是否定地方性的，急于改变只能是徒劳的。虽立志朝好的方向发展，但结果却几乎是朝坏的方向发展。其原因是缺少对地方工艺的尊重，因而对其的调查研究很少。我们民间的努力不知道会获得多少成效，但在各方面都竭尽全力。有些情况下成功了，而有些情况下却功亏一篑。经济上烦恼不断，与组织对抗，历经千辛万苦。然而迄今为止，我们直接参与的生产量巨大，工作也拓展到全国各地。幸运的是我们受欢迎的希望很大，得出了只要产品好，销路就有保证的经验。任重而道远，不尽如人意之处还有很多，但未来可期。大家都认为这一工作是最有价值的。若不与生产实践相结合的话，民艺运动的力量是很微弱的。

顺便提一下，过去我们的制作大部分都仅限于手工业，但今后必须要与机器生产相结合。只是后者受缚于营利主义的很多，在当前的社会情况下很难期待会有好的结果。利欲很容易牺牲美。想要得到好的作品，无论是手工制品还是机械制品，都必须要有正确的协同性的生产组织。

作为将地方的传统作品和全新策划的新作品赠予世人

的媒介，"匠心工艺店"的存在也是具有使命的工作。

八

文字工作也为我们展现出了民艺运动的活跃动态。除了民艺馆的对外开放、调查的履行、制作的策划外，我们还经营两个言论机构，编辑了两三套丛书，出版了很多的民间出版物。文字使将我们与社会紧密联系在了一起。

昭和六年正月我们出版了《工艺》创刊号，至今已发行了一百多期。该出版物在执笔、编辑、材料、摄影、制版、印刷、装帧、装订等所有方面都受人喜爱，被认为是在全世界都很罕见的精装本。虽然是六百到一千册的限量版，但封面是手工印染、手工编织或手工绘制的。杂志正文的印刷字也是史无前例地均采用十二号字体。该杂志几乎没有零售的余地，一直都是分发给热心的会员，而且也不必在报纸上刊登广告。从这个意义上来说，像我们这样有忠实后援者的团体很罕见。不仅是工艺方面，恐怕日本的任何美术杂志，在旧书的市价方面，都没有超越《工艺》的。人们对于已出版刊物的需求不断，昭和十四年四月，民艺协会又发行了《月刊民艺》，专门致力于运动的普及。该杂志的投稿者范围广泛，已很好地完成了目标。迄今为止已总计发行了约七十册。

《民艺丛书》是协会同仁编辑的单行本，现已出版五册。《工艺选集》是小册子，插入了很多插图，现已有六册问世。这些刊物若能顺利发行的话，那会成为讲述日本，乃至东洋全体工艺的合适的大型出版物。

此外还有几种出版物。在印刷、封面、装帧、装订等方面，都是以作为工艺性作品的范本为宗旨而发行的。在制书技艺逐渐衰落的今天，这些出版物具有明确的存在理由。总之在出版方面，我们完成了诸多他人没能计划的工作。特别是那些优秀的插图，得到了很多人的赞赏。

跋

事实上，我们在这些方方面面的工作中能发现一个特色，就是这些工作都是由志同道合之人协同合作来完成的。一切都依靠友谊的恩泽。让我们暗自引以为傲的是拥有众多互敬互爱的挚友，这种紧密团结是其他文化团体所不具有的。这不禁让我想起了当年的《白桦》。在那些志同道合的人中，不仅包括各个领域的技术专家，还有从事哲学、宗教、科学、经济等各门类的同仁们。这为此运动增添了极大的力量。而且技术专家们在公正的判断方面，都是工艺各领域的佼佼者。他们都不是参加文展[1]的创作者。这或许也算是一大特色。想来艺术史可以说主要是在野党的一

---

[1] 文展：日本1907年创办的文部省美术展览会的简称。

部辉煌奋斗史。回头来看，我们也是将荣辱系于一身，所以不得不燃起更强的信念和希望。

我们的这一运动，与工艺领域的关联最多，但我们希望这不仅是工艺的一项运动，还是一项鲜明的精神运动。若没有伦理性和宗教性，就没有民艺运动。在我们看来，过去的日本工艺界就非常缺少这样的性质。或许不需要工艺家同时既是伦理学家又是禅学家，但每个人都应该负责自己的专业。但工艺家首先必须是人，然后作为人的创作者，必须在其生活中具有精神基础。特别是在美的领域中，作为与社会层面接触最多的工艺的工作，也需要这一基础。实际上回顾工艺的历史，当我们重新审视这一伟大的时代时，不能不去思考伦理性和宗教性是如何成为建立这一伟大时代的基础的。若我们去至今仍不断制作出出色物品的地方访问，就会明白信念和诚实的作风在生活中起到多么巨大的作用。美的问题不仅仅是美的问题，若不包含真、善、圣的问题，也就不可能是美的问题。当我们对这一问题经过了深思熟虑后，我们就无法认可并接受非精神运动的民艺运动。从这个意义来说，民艺运动应该是真正的文化运动。

一、手球，用彩色棉线缝制而成，产地为冲绳的那霸。在过去没有橡胶球的时候，女孩子们就玩这种手球。其往往用彩线包缝得十分精美，虽然弹力很弱，但比现在的球要美得多。冲绳的手球极具特色，均使用棉线缝制，而且整个球体以黑底居多。我们会发现如今仍有几个地方在继续制作这种缝制的手球，有时候用来装饰店面。这其中当属赞岐产的手球最为精美，然后是羽前产的。现在的手球与冲绳不同的是多使用蚕丝，当然全部仍使用彩线包缝。从手法上来看，条纹状居多。

二、唐栈（进口细条纹布），如文字所示，原本是从中国传入的纵纹棉织物。在幕府时期被大量引进，行家喜欢用其制作外褂及和服。其不知不觉间盛行起来，在日本也开始进行生产，这种传统勉强延续至今。这种布现在产于房州北条，成品极佳。如今虽说其是过时之物，但无论何时都具有永恒之美。植物染料，与实物同样大小地印在书中。

三

四

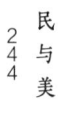

三、竹笠，若我们去土佐的高知，就能够遇到带着这种竹笠的百姓和车夫。若是不知道的人看到它，会认为是地位何其尊贵之人使用的竹笠，足以可见其品位高贵，做工精细。材料以竹皮为主，顶端进行了精美的装饰编织。在现如今一切都易流于俗套的今天，我们总觉得这样的竹笠才具有更高的文化价值。而且由于价格低廉，任何人都能买得起，所以可以说这是在当今也非常了不起的事情。

四、饭甑，博多市马出町以出产圆木桶而久闻于世，现在家家户户仍在从事这项工作，所用材料为杉树，但必须是经过长期干燥后的才可以使用。遵守制作道德的风俗得以保留至今，就像这一个木桶，实际上经历了二十年的干燥，即使常年使用也依然如故，是这项工作让制作者们引以为傲之处。这种本性使物品变美，温暖了使用者之心。

五

六

　　五、产自琉球壶屋，当地产的这种茶碗叫作"MAKAI（まかい）"，据说来源于古语的"まり（鋺）"，形状好，纹样也美丽，可能还包含着中国的青花瓷的余韵。图案是素朴的吴须，在冲绳仅壶屋免于"二战"的洗礼，可以说是日本陶器可喜可贺之事。

　　六、产自萨摩苗代川，在当地称作"山千代家"。这个窑持续烧制最正宗的朝鲜陶器，其中被称作"黑纹"的，据说是朝鲜直接传授过来的，此窑烧制出的陶器在日本的其他窑中是绝对看不到的。诸如"山千代家"就是很好的一个例子。其为在山中使用的饭盒，当然是带把手的。

七

八

九

　　七、黄铜质烛芯剪。其为在佛龛剪断日式蜡烛芯的道具，与西方古老的烛芯剪极为相似，外形非常美丽。这种物品虽与我们现在的生活渐行渐远，但这种倾注心血的工作，光是其姿态之美，就必须充分应用到当今的种种物品中，产自京都。

　　八、黄铜质火盆，产自越中高冈，被称作"便携式"火盆，是茶人们喜欢使用的一种物品，某处形状饱满，勾起了人们想要用手触碰之心。两个孔当然起到把手的作用，虽然现在已经过时，但想来它也不是随波逐流的物品。

　　九、柳条行李箱，是知名的富山的卖药小贩背着走路的物品，里面有三层的套盒。其是在富山，将产自但马的丰冈的行李箱四角贴上皮革，涂上漆，用藤条扎紧，从而完成制作的。尺寸是从长期经验中推断出来的，不仅是小贩，普通人用起它来也极为方便。

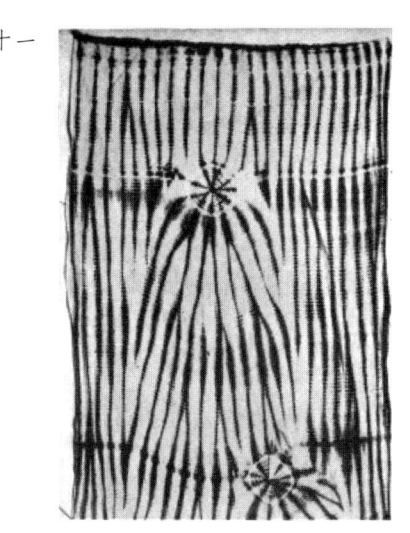

十、涂漆的单嘴钵，是一种酒器，在庆祝等时候使用，在当地称作"HIAGE(ひあげ)"。它是"ひさげ(提梁酒壶)"的传讹，如今在陆中荒屋新町仍在制作这种酒器。传统的造型极为美丽，嘴口的纹样大多为黄色涂层，偶尔也能看到大红色或红色花纹的。这种酒器在古代以金属美术工艺品居多，全都是酒壶，只有"提子"是不带把手的。

十一、我们列举扎染布作为染布的一个例子。通过线的捆扎方式做出各种各样的纹样，传统制品都各有各的名字。这块扎染布叫作"MAKIAGE(まきあげ)"。原产地为京都，但如今在鸣海和有松产业非常兴盛。这种扎染手法虽在印度、蒙古以及遥远的非洲等地也能见到，但染得最多的，普及到和服制作中的是日本，作为真正的染布，永远为人们所喜爱。

十二

十三

十二、其名为"印传",如文字所示,是从印度传入的皮革工艺品。是烟口袋,众所周知纹样是菖蒲纹样,因与"尚武"二字发音相同意义相通,故而这一纹样常常用于武器。过去江户也因印传而闻名,但现在却因缘巧合地成为甲府的拿手技能。作为纯日式的皮革工艺品,是人们想长久留存之物。

十三、签收簿,内页是日本纸,封皮是皮革,文字是红漆,产自冈山。过去所有的商人都使用像这样的签收簿,但现如今因跟不上潮流而逐渐被废弃,但因其具有大时代的韵味,所以在大部分物品日渐变得廉价浅薄的今天,其可以说是难能可贵的"特例"。这种账簿中,过去固然是有小砚盒的,现在变成了更为方便的钢笔,但人类买到了便利却出售了美丽。这一矛盾的解决至关重要。

十四

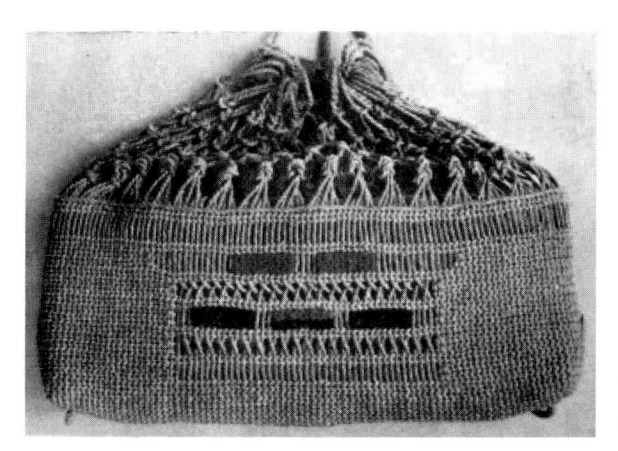

十五

十四、这是用来作签收簿的账簿，但因为我喜欢装订方式之美，所以展示其书脊处作为插画。其完全采用日式装订方式，作为一种装订技巧值得大书一笔。人们认为一切都是西方风格的，西方事物都是好的，但我却想更珍视日本土生土长之物。我们注意到了此处的装订方式，但当然使用的日本纸也很重要。这种账簿现在也需要，我们在当地的街道上就能看到其被放在架子上。

十五、产自栃木县汤西川，背袋的编织方式很亲和，因为上方粗编下方细编，所以很切合实际。中间很简单，加入了扼要的纹样，激发了人们的使用之心。现如今在日本的各个地方，这种背袋也因需求而被制作，样式千变万化，尤其在东北地方能够发现精美之物。

十六 　　　　　　　　　　　　　　　　十七

十六、蓑衣，产自山形县最上西小国，东北六县展示了各具特色的蓑衣制作技能。其作为农民工艺而享誉世界。这件蓑衣也是能够讲述其名誉之物。衣襟处装饰的蒲草，黑色垂下来的东西是染黑的椴树皮所制成的，因其里面也编织极其精美，可以说是极具温情的工作，其是白雪皑皑的漫长寒冬期间的手艺活儿。

十七、其为山形县筱野的知名玩具的一个例子，是用所谓的"挂削花"手法制作出来的木质乡土玩具，可以说是极为出色之物，自然而然地创造出了立体手法，非常新奇，其种类繁多。

十八、兔，不施釉陶器，产自九州，其的确是能够展现日本玩具的柔和、亲切、平和的一个很好的例子。其颜色安静沉稳，与现在的俗气的、急躁的色彩相比简直是云泥之别，让我们不能不想到使用这一玩具的生活的温馨。最近，这种物品的复兴难道不是人类追求平和的体现吗？

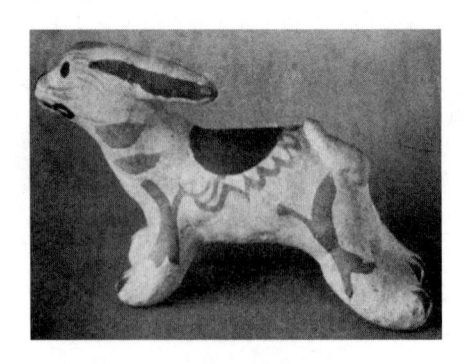

十八

小插图

此书中的小插图选自两种类型。一种是被称为"ZAZECHI(ざぜち)"的在三州的"花祭"上使用的剪纸。还有一种是寿司店加在寿司上的小装饰，这种装饰是用小型厚背宽刃菜刀一下切出的美丽纹样，其中有吸引人之处。

后　记

　　2023年初春，柳宗悦《民与美》一书此次的翻译工作完成，回忆三年来的整个过程，心中难免有些许感慨。

　　初次听到柳宗悦的名字还是在读大学本科时的日本近现代文学史课上，当时只知道柳宗悦先生是日本现代文学中的重要流派"白桦派"的主要成员之一，是日本民艺学和民艺美学的重要代表人物，但本科期间没有太多的读过这位学者的著作。

　　或许是缘分使然，2019年我打算写一篇有关中日文化对比的论文，在我先生的提示下，阅读了柳宗悦的《茶与美》，受条件限制，当时所读的是中文译本。柳宗悦先生对茶道独特且深刻的见解深深地吸引了我，亦让我对书中所谈到的茶道中所蕴藏的东方美学内涵有了深入的体会，加之我先生的倡议，遂产生了翻译柳宗悦先生著作的想法。

　　在前期查阅资料的准备过程中，发现柳宗悦的民艺三部曲《民与美》《物与美》《茶与美》中的《民与美》一书，虽有部分章节被译成中文，但尚无完整的中译本问世。我和先生商量之后决定共同翻译《民与美》一书。我随即托昔日的同学在日本寻购《民与美》的日文原版书籍，寻购过程前后持续了数月之久，待到邮寄回国内已是当年的隆冬时节。书到手后即开启了为期三年多的我们夫妻二人共同翻译该书的工作。

我是日语专业出身，我先生是艺术美学专业出身并有一定的日文基础，合作中他为我讲解了很多书中所涉及的美学、艺术学知识，书中的美学、艺术学专业术语大部分都是由他译出的。随着翻译进程的不断深入，仿佛是进入了一个神奇奥妙的民艺世界，书中不仅有大量关于一个个民艺作品的介绍，同时亦有作者对自己民艺学和民艺美学思想的阐发。让我们尤为印象深刻的是柳宗悦先生对中国古典文化的熟悉与热爱，其在书中对中国古典诗句信手拈来，解释得恰到好处，着实令人钦佩不已。由于原书出版年代较久远，原文中涉及部分古典语法的翻译也让我们颇费脑筋。同时一些专业词汇的翻译，例如"笸目""高臺"等，亦是在经过反复的讨论后才敲定最终的翻译结果。

近年来柳宗悦作为日本民艺学和民艺美学的主要代表人物，其著作和理论越来越受到关注，《民与美》一书在此之前已有部分章节被译成中文，关于此书的论文也时见发表。珠玉在前，不敢敷衍，翻译的过程中译者尽其所能地追求译文的准确性，但也难免有能力所不及之处。译者还为一些生僻的名词，尤其是书中列举的一些民艺作品的名称附加了一些知识性和解释性的注释，但由于才疏学浅、资料不足，有些民艺作品的名称解释只能暂付阙如，在此向读者致歉，也同时真诚地希望同行和读者朋友们对此译著给予批评指正。

此书能够顺利出版，离不开各位老师的指导和帮助，也得益于中国文联出版社的垂爱。该书的内容由我先生的博士导师马卫星教授审对，由我的恩师徐雄彬老师校对，同时有幸请到田川流教授在百忙之中为本书作序，并得李心峰教授联系推荐中国文联出版社，出版社的邓友女老师和张超琪老师也在本书的出版过程中付出了辛劳。翻译过程中，小儿尚在垂髫之年，玩耍嬉闹几无片刻之歇，幸得双方父母的理解和支持，常将照顾孩子的工作默默承担起来，尤其是孩子的外祖父母，将孩子接到身边朝夕陪伴不辞辛苦。总之，对所有应该感谢的单位和个人，谨此一并致谢。

希望此书的出版能够为中日民艺文化的合作与交流事业，为推动中日民艺学研究工作的发展略尽绵薄。

杨　婧　纪科佳
2023 年 6 月 20 日于哈尔滨